# 子不语

**手绘图鉴**

凤妖/编著　畅小米/绘

北方联合出版传媒(集团)股份有限公司
万卷出版有限责任公司

图书在版编目（CIP）数据

　　子不语 / 凤妩编著；畅小米绘. — 沈阳 : 万卷出
版有限责任公司，2024.2
　　ISBN 978-7-5470-6053-7

　　Ⅰ . ①子… Ⅱ . ①凤… ②畅… Ⅲ . ①《子不语》—
通俗读物 Ⅳ . ①I207.41-49

　　中国版本图书馆CIP数据核字（2022）第128259号


出 品 人：王维良
出版发行：北方联合出版传媒（集团）股份有限公司
　　　　　万卷出版有限责任公司
　　　　　（地址：沈阳市和平区十一纬路29号　邮编：110003）
印 刷 者：辽宁新华印务有限公司
经 销 者：全国新华书店
幅面尺寸：145mm×210mm
字　　数：190千字
印　　张：8
出版时间：2024年2月第1版
印刷时间：2024年2月第1次印刷
责任编辑：张洋洋　邢茜文
责任校对：张　莹
封面设计：琥珀视觉
装帧设计：汤　宇
ISBN 978-7-5470-6053-7
定　　价：68.00元
联系电话：024-23284090
传　　真：024-23284448

# 序 言

　　《子不语》原著作者为袁枚。袁枚，字子才，号简斋、随园，浙江钱塘（今杭州）人，是清代中期著名文学家。在文学上，袁枚主张性灵，与赵翼、张文陶并称"性灵派三大家"，著有《小仓山房集》《随园诗话》《随园食单》《子不语》《续子不语》等作品，其中以《随园诗话》和《子不语》影响最大。钱锺书先生评价《随园诗话》"自来诗话，无可伦比"，可见其造诣。而《子不语》一书，自袁枚晚年编订问世后，两百年间一直广为流传，其荒诞离奇、精彩纷呈的故事备受世人喜爱。

　　《子不语》正编二十四卷，《续子不语》十卷，共计一千余则故事。"子不语"三字出自《论语·述而》，取"子不语怪、力、乱、神"之意，但《子不语》的名字与元代说部作品（今佚）重名，袁枚便将《子不语》改名为《新齐谐》，取《庄子·逍遥游》"齐谐，志怪者也"之意，但在袁枚自刻的版本中，版心仍保有"子不语"三个字，可见袁枚并没有放弃"子不语"三字，加上"子不语"三字辨识度高、传播度广，以其命名更为别致新颖，因此后世更习惯将此书命名为《子不语》。后人也将袁枚的《子不语》、蒲松龄的《聊斋志异》、纪昀的《阅微草堂笔记》称为"清代三大志怪小说"，袁枚与纪昀也有"北纪南袁"之称，在当时文坛享有盛名。

袁枚好读杂书，与其幼年经历有关，他自幼"好听长者谈古事"，袁枚的姑妈沈氏经常给他讲述各种故事和野史。在这些故事的熏陶下，袁枚尚未正式开蒙读书，就已经对汉、晋、唐、宋的人物略知一二了。到了少年时代，袁枚对读书的兴趣越发浓厚，尤喜各类杂书，他在诗作中写道："我年十二三，爱书如爱命；每过书肆中，两脚先立定。苦无买书钱，梦中犹买归。"短短几句话将爱书之人的行为神态描写得活灵活现，有同样经历的爱书人看到了难免会心一笑。

与他人不同的是，袁枚不仅喜爱看杂书，也喜欢收集资料，并将自己所见、所闻之事记录下来满足娱乐需求。在《子不语》的序中，袁枚写道："文史外无以自娱，乃广采游心骇耳之事，妄言妄听，记而存之，非有所惑也。"可见《子不语》是袁枚随性之作，也是因为袁枚的随性，后世对《子不语》的评价不一，有人认为其思想浅薄、内容杂乱；有人认为其在思想深度及成就上与《聊斋志异》无法相提并论。鲁迅先生则给了《子不语》较为中肯的评价："其文屏去雕饰，反近自然，然过于率意、亦多芜秽。"

实际上，《子不语》的散乱、率意是由其先天决定的——因为它就是一本博采而来的书籍。袁枚出生于1716年，卒于1798年，历经康熙、雍正、乾隆、嘉庆四朝。他交游广阔，足迹遍布大江南北，《子不语》的故事或是袁枚亲历亲见，或是亲友出行所见，或是当地人或官员讲述的。比如《蛤蟆教书蚁排阵》一篇就是袁枚幼时在葵巷亲眼所见，《赵大将军刺皮脸怪》是大将军赵良栋本人向一众官员讲述的，《刑天国》是由流落过海外的秀才王谦光讲述的。故事来源的多样，让《子不语》的情节异常丰富，这种丰富也体现在地域上。以精怪故事为例，南方的精怪就以水生动物为主，山魈故事也仅发生在南方，狐仙故事则贯穿南北。

《子不语》故事的地域性不仅体现在精怪特征上，还体现在其真实背景上。比如原书中《狐撞钟》一篇有"海水屡啸"的记载，按照历史记载，乾隆三十六年（1771 年），乾隆四十六年（1781 年），乾隆四十七年（1782 年），福建都曾有海啸发生，这说明故事背景是当地实有的，从这个角度出发，《子不语》不仅是一部精彩的故事集，同时具有较高的民俗、历史价值。

袁枚在诗歌上主张"性灵"，《中国历代文论选》精辟地表达了何谓"性灵"："把真实的感受生动地表达出来，这就是性灵说的真谛之所在。"《子不语》虽是率性娱乐之作，但在创作上仍能感受到袁枚的个人特征，写男女相恋不费过多笔墨，写出一见倾心、两情相悦的真切自然；在创作手法上，袁枚也带入了他的诗论标准，他认为好诗应"其言动心，其色夺目，其味适口，其音悦耳"，追求言、色、味、音的审美。《赵大将军刺皮脸怪》中的慷慨陈词"吾荡平寇贼，杀人无算，妖鬼有灵，亦当畏我"，是为言；《蝴蝶怪》中的蝴蝶怪"口吐黑气""色如朱砂"是为色；《钉鬼脱逃》中吊死鬼散发的腥味，是为"味"；《白骨精》一篇中鸡鸣声起，白骨精轰然倒地，是为"音"。如此种种，让《子不语》的描述更为生动热闹。

此外，在《子不语》的创作上，袁枚时常流露出其他方面的才情，表现出对于历史文本的熟悉和考据上的癖好。《鸡脚人》一篇中，袁枚考察了鸡脚人的出处——"按台湾有鸡爪番，长栖宿树上，此岂其苗裔欤？"在原书《囊囊》一篇中"桐城人不解囊囊之名"，袁枚就通过《庶物异名疏》考证出"囊囊"即是蓑衣虫。类似的考据在《子不语》中不时出现，让读者在享受故事的荒诞离奇外，另有一番滋味。

本书选取了《子不语》及《续子不语》中九十一则故事，按照神鬼奇人、虫鱼异兽、草木器物分类，在尊重原作原意的基础上，以通俗白话文的形式呈现，供更广泛的读者阅读，如有不足之处，敬请指正。

欢迎大家来到《子不语》的诡秘世界。

凤妩

# 目录

## 卷二　虫鱼异兽类

子不语 — 卷一

神鬼奇人类

# 骷髅吹气

## 骷髅对人吹气

杭州的闵茂嘉爱好下棋，他的师傅姓孙，二人常在一起对弈。雍正五年（1727年）六月，天气酷热，闵茂嘉召集了五个朋友一起下棋。孙师傅下完棋后，对众人说道："实在是太困了，我去东边厢房稍微睡一会儿，稍后再来和你们一决胜负。"

过了一会儿，大家忽然听到东厢房传出一阵叫声。闵茂嘉等几人急忙前去查看，只见孙师傅趴在地上，口吐白沫。众人急忙找来姜汁给孙师傅喂下，孙师傅这才苏醒过来。

醒来后，众人询问孙师傅是怎么回事。孙师傅说道："我在床上睡着睡着，忽然感觉到背后发冷。一开始发冷的范围只有胡桃大小，冷气渐渐蔓延，有了碗碟大小，没过多久半身都开始发冷，冷彻入骨，我也找不到发冷的原因。忽然我听到床下发出了声音，我俯身看去，只见床下有一具骷髅正对着我吹冷气，我惊骇欲绝，直接倒在了地上。这骷髅竟然还用头攻击我，听到你们来了才离开。"

孙师傅他们都请求挖开地面，看看下面有什么，但闵茂嘉担心招来祸患不敢挖掘，从此以后就将东厢房封闭起来。

# 关东毛人以人为饵

毛人以人为诱饵

关东人许善根，以挖掘人参为业。按照行业规矩，人参需要在夜深人静的时候进行挖掘。这天，许善根因夜里赶路十分疲惫困倦，索性直接在沙地上躺下睡觉。

许善根醒来，发现自己正被一个浑身长毛的人抱着。它大约有两丈高，遍体红毛。这毛人正在用左手轻轻地抚摸许善根的身体，又将许善根挨着自己，摩擦自己身上的红毛，如同在赏玩珠玉。毛人每抚摸许善根一次，都要狂笑一番。

许善根心中暗叫不好，自己恐怕要被毛人吃掉了。过了一会儿，毛人将许善根抱进一处山洞，洞内有虎筋、鹿尾、象牙之类珍贵之物，黑压压的堆积成山。毛人将许善根放在榻上，取来了虎筋、鹿尾让他食用。许善根看毛人如此善待自己，心中十分高兴，可惜他难以接受生吃这些东西。

毛人看许善根不肯食用，低着头若有所思，随后了然地点了点头，像是想出了什么主意。毛人敲击石头生了火，又支起锅烧水，然后将虎筋、鹿尾放入锅中熬煮。等到虎筋、鹿尾熟了，再让许善根食用。许善根大吃一通，心满意足。

天亮后，毛人又将许善根抱出了洞外，毛人还随身携带了五支箭。二人到了山上的一处绝壁，毛人将许善根捆绑在高树之上，许善根再次大惊，以为毛人要用箭射向自己。

过了一会儿，老虎闻到了生人的气息，纷纷走出洞穴来到此地。老虎们争先恐后地扑向许善根，可还未碰到许善根就被毛人的弓箭射死了。这时，毛人解开了许善根身上的绳索，将他放了下来，抱着许善根和死去的老虎一起回到了山洞之中。许善根这才明白，毛人是以他为诱饵，捕获老虎。

　　就这样过了一个多月，许善根安然无恙，毛人胖了一大圈。这天，许善根想回家了，便跪在毛人身前，一边哭泣下拜，一边用手指着东方。毛人也泪流满面，但还是将许善根抱到了采人参的地方，给他指示回家的方向。毛人还将山上有人参的地方一一指给许善根，用来回报他。从此以后，许善根也富了起来。

# 赌钱神号迷龙

## 阴间赌神

  缙云县令李某，因为赌博被革除了官职，但他仍旧好赌，一天不赌就心里难受。李某病危之际，还在床上拍打，做出仍在赌博的样子。李某的妻子哭着劝告他："你这样气喘吁吁，劳神费力，何必呢！"

  李某说道："我一个人怎么能赌起来呢？有一群和我爱好一样的朋友，正在床头和我掷骰子呢，只不过你看不见而已。"过了一会儿，李某气绝身亡。又过了一会儿，李某竟然苏醒了过来，对妻子说道："快去烧点纸钱、元宝给我，替我还了赌钱。"妻子问他在和何人赌博。李某答道：

"阴间有一个赌神，名叫迷龙，他手下有赌鬼数千，这些赌鬼都受他驱使。赌鬼们如果知道了谁要投胎，便会请迷龙签名画押，将画押放入投胎之人的天灵盖中。这样的话，投胎的人一生下来就好赌博，即便是有严厉的父亲和贤惠的母亲，也不能改变他。《汉书·百官公卿表》中曾记载，因为赌博而被革职的人有十几个，可见这迷龙赌神自古就有。这些一心向赌的人，宁可

不要美食和妻子，这都是迷龙从中作祟。不过阴间的赌博方法和阳间不同，阴间的鬼会聚在一起，轮番投掷十三个骰子，谁能投到骰盆中金色底的地方，就算是赢了。赌鬼们还会将赌赢的元宝积

　　攒起来，然后全部上交给迷龙。迷龙高高在上，坐享抽头，成为大富翁。赌鬼们如果输得不行了，就会到阳间散布瘟疫，骗取他人的供奉。你们现在烧一万纸钱给我，我就可以复活。"

　　李某的家人相信了他的话，按照李某的吩咐烧了一万纸钱给他，但李某仍然死去了。有人说，李某从家人这里哄骗了赌本，可以放心赌博了，恐怕就是因为这样才不肯还阳。

# 姚剑仙

## 剑仙斩桃

　　边桂岩是山盱县的通判，他在洪泽湖堤岸修建了一座房子，时常召集宾客吟诗作赋。

　　这天晚上他们正在举办宴会，忽然有一个客人贸然闯入，这人鞋帽又脏又破，披头散发，又着手坐在客人上首，又吃又喝，面无惭色。

　　席间的客人问他是何名姓，这人回答道："我姓姚，号穆云，是浙江萧山人。"客人又问他有什么能耐，他笑着说道："我能玩剑。"说完，姚穆云就从嘴中吐出一粒铅丸，铅丸滚着滚着到手中，变成了一把剑，大约一寸长。火光从箭头喷出，熠熠生辉，如同蛇在吐信。客人们很害怕，不敢出声。主人担忧惊吓到客人，再三请求他收了神通。

　　姚穆云说道："我的剑不出则已，出了之后杀气很盛，必须要斩杀生物，才能够收敛起来。"

　　边桂岩说道："除了人之外的生物，你都可以斩杀。"

　　姚穆云看了看台阶下的桃树，用手指着树，随后一道白光飞到树下环绕一圈，树当即被拦腰斩断。姚穆云又从口中吐出一铅丸，和之前铅丸的白光在桃树下互相纠缠，如同两条龙一样环绕，最后直上青天。这时满堂灯烛尽灭，姚穆云耍弄着铅丸，看着堂上客人。客人们越发惊惧，有的甚至长跪在地。姚穆云微笑着说道："结束了。"说完就用手召回两道白光，两道白光回到他的手内又变作两粒铅丸。姚穆云将铅丸吞进口中，一切如常。

接着，姚穆云给自己倒了酒，又大吃大喝起来。客人们见到姚穆云的神通后都很心动，请求姚穆云收他们做徒弟，姚穆云说道："现在是太平年代，这些法术没有什么用。我有剑术，却没有点金术，所以才来到这里。"于是边桂岩就送了他三百两银子，姚穆云在这里住了三天才离开。

# 官癖

## 当官成瘾

明朝末年，南阳府有一位太守死在官署中。他阴魂不散，不肯离去，每天天还未亮就会穿上官服，戴上乌纱帽，缠上腰带，打扮得齐齐整整的来到大堂，向着南面端坐。如果有差役向他行礼，他会轻轻点头，做出接受了的样子。等到天色大亮，他就消失不见。

到了雍正年间，新官乔太守上任。乔太守听说这件事后，好笑道："这人肯定是做官上瘾了！死了都不知道自己是怎么死的。不过我会让他弄清楚的。"

第二天，乔太守起了个大早，穿戴好官服官帽，赶在鬼官之前坐在大堂之上。到了升堂的时候，远远地就看见鬼官衣着整齐地来了公堂。鬼官看到座位上已经有了人，当即愣住，有些迟疑的样子，不敢继续上前。过了一会儿，鬼官长叹一声，就此消失。从此之后，鬼官再也没有在南阳府公堂出现过。

# 三斗汉

## 三斗汉力比牛大

三斗汉是广东乡下人。他每顿饭要吃三斗粟才饱，所以大家都叫他"三斗汉"。他身高一丈，腰粗得一人都抱不住。他肤色很黑，满脸络腮胡子，终日在街市上乞讨，常常忍饥挨饿。

有一天，三斗汉到了惠州，在提督军门外胡闹，将门口的两只石狮子拎着走了。提督派人传召他，他又将石狮子拎了回来。提督让人拉来五头牛，将五头牛套在横木之上，一边让三斗汉在后面拉住横木，一边让差役鞭打五头牛。五头牛奋力挣扎逃跑，却始终没能挪动分毫。

提督很欣赏三斗汉的勇力，赏赐了马匹和粮食给他，还让他加入到军队学武。三斗汉跪在提督面前请求道："小人一顿饭要吃三斗粟，希望小人的口粮能够加倍。"提督答应了。

三斗汉在军中练习了快一年的武艺，没有丝毫进步，上马就会掉下来，射箭也一次都没中过。提督又让三斗汉改学步兵，三斗汉还是学不好，最后只能闷闷不乐地回家了。

三斗汉浪迹到了潮州，当时潮州东门正在修桥。修桥的石梁长三丈，宽、高各有五尺，修桥的工人们将石头拉上架子，几十个人一起用力，架子没有丝毫挪动。三斗汉在旁边看到了，笑着说道："你们这些人搞得汗流浃背的，竟然还搬不动一块石头！"

修桥的工人听了这话后，对他的狂妄感到生气，就让他亲自

试试。三斗汉走到架子旁，一个人拉起了石梁。围观的工人们都惊呆了，有的人甚至腿都吓软了。

范某看三斗汉一把好力气，就把剩下的活计都包给了他，这样省了开支，速度还快。范某最后给了三斗汉上千钱，不到一个月，三斗汉就将这些钱用完了。

后来，三斗汉离开了潮州不知去向。有人说他饿死在了澄江。

# 刘刺史奇梦

## 刺史梦游地府

陕西刺史刘介石，在江南等候补官，暂时居住在苏州虎丘。一天夜里二更时分，刘介石梦见自己乘着清风回到了陕西，还未到家乡，就在路上遇到了一个鬼。

这鬼尾随在其后，身高大约三尺，头发凌乱，面目狰狞。刘介石与鬼搏斗了起来，很久后，鬼被打败了。刘介石将鬼夹在胳肢窝下急跑，准备将鬼丢入河中。这时，刘介石遇到了曾经的余姓邻居，邻居告诉他："城西有一座观音庙，为什么不抓着这鬼去向观音娘娘告状呢，如果把他丢入水中恐怕会留下祸患。"

刘介石认为这话说得有理，就夹着鬼去往观音庙。庙外的韦陀和金刚神对着鬼怒目而视，都举起了手中的兵器，准备惩戒。鬼害怕不已。

观音娘娘见了刘介石，说道："这是阴间的鬼，应当押送阴间进行审判。"刘介石拜谢。观音娘娘又让金刚神负责押送，金刚神跪在地上说了一通话。刘介石听不懂金刚神说了什么，但看金刚神的神色像是不屑于押送这个鬼，所以出言拒绝。

观音娘娘看了看刘介石，说道："就派你去押送他吧。"刘介石跪着回道："弟子只是一介凡人，怎么能去往阴间呢？"观音说道："这个简单。"说完，就对着刘介石的脸呵了三口气，就让他出去了。

这鬼弓着身子不敢说话，跟在刘介石身后一起离开。刘介石心想："我虽然奉了观音娘娘的旨意押送，但我并不知道该怎样前往阴间啊。"刘介石在路边徘徊不已，这时余姓邻居又出现了，他对刘介石说道："你想去阴间的话，前面有一处被竹笠盖着的

地方就是入口。"

刘介石放眼望去，路的北边果然有一顶竹笠，如同农家的酱缸盖。他走过去，用手一翻，竹笠下露出一口深井。鬼见了这口井大喜，一跃而入，刘介石紧跟着下去，只觉井中寒意入骨，每往下一丈左右人就会被井壁夹住，一股暖意从下方升起。待暖意逼近，人又继续下坠一丈。如此循环了三次，只听得"啪"的一声，刘介石就落在了几片瓦上。刘介石睁开眼睛四处观察，这井中另有一番天地，白日横空，刚刚下来时踩的几片瓦，原来就是阎王殿的殿角。

忽然，阎王殿中传来一阵震怒声，有人大声说道："什么地方有一处生人的气息！"一个披着金甲的神灵走了过来，擒住刘介石，将他带至阎王面前。阎王身着龙袍，头戴冕旒，须发银白，端坐在堂上。阎王问道："你一个活人，怎么会来到阴间？"

阎王示意披着金甲的神灵将刘介石的头抬起，仔细审视了一番，说道："面有红光，果然是菩萨派来的。"又问道，"你带来的鬼在哪里？"刘介石答道："在墙角处。"

阎王厉声喝道："恶鬼不能留，速速将他押回原处！"于是殿上群神拿起叉戟将鬼挑起，投入池中。池中的毒蛇、怪鳖争相吞噬了他。

刘某想道："既然已经到了阴间，为什么不问问自己上辈子的事呢？"于是向金甲神作揖请求。金甲神同意了，将刘介石带至廊下，从袖中抽出一本簿子指给他看，说道："你前生九岁的时候曾经偷过别人卖儿子得来的八两银子，后来这卖儿的父母懊悔而死。你也因为做了这桩孽夭折了。现在你虽然再世为人，但你注定会双眼失明，用来偿还前世罪过。"

刘某很吃惊，说道："我可以通过多行善事来消除报应吗？"金甲神说道："那得看你做的是什么善事了。"话还没说完，殿上就传来呼声："天时已到，快让刘介石返回阳间，免得泄露阴间审案！"

金甲神将刘介石带到阎王面前，刘介石跪伏在地，说道："我只是一个凡人，该怎么离开阴间呢？"阎王用手托住刘介石的背部，对着他吸了三口气，刘介石就进入了井中。和下井的时候一样，刘介石也感受到了三次耸动、夹住的感觉。

刘介石出了井，立即返回观音庙去汇报情况。到了观音庙，刘介石看到边上有一个小孩，嘴中念念有词，说的内容正是刘介石刚才的经历。刘介石看向小童，只见小童的眼耳口鼻与自己一模一样，只不过形态如同幼儿。刘介石大吃一惊，指着小孩说道："这是妖怪。"小孩也指着刘介石说道："这才是妖怪。"

观音娘娘对刘介石说道："你不要惊慌，这是你的魂灵。你这个人魂恶而魄善，所以你做事情很坚定，却不够通透，现在我将你的魂魄位置互换一下。"刘介石拜谢，小童却不愿意，说道："我的地位本来就在他上面，现在要换掉我，难道不会对他有伤害吗？"观音笑道："不会受伤的。"

于是，观音拿着一根一尺长的金簪，从刘介石左胁下穿进，挑出了一截肠子在手上绕成一团。每绕上一截，小童就缩小一点，等肠子绕完后，小童也消失不见了。观音用手拍了一下桌子，刘介石一惊而醒。

醒来一看，原来他仍在苏州的枕席上睡觉，再检视自身，发现自己左胁下隐隐约约有一道红痕。过了一个月左右，陕西传来消息，告知那位余姓邻居已经去世了。

# 钉鬼脱逃

## 捕快大战吊死鬼

句容县有个捕快名叫殷乾，是当地出名的抓贼能手。夜里，他常去那些偏远僻静的地方监视盗贼的动静。

一天夜里，殷乾前往一个村庄。在路上他看到一个手中拿着绳索的人，这人着急忙慌地越过他，形迹可疑。殷乾猜测这人一定是个盗贼，就尾随在后。这人到了一户人家，翻过围墙进去。殷乾心中琢磨，与其立即抓住他，不如在这里守着他。直接抓捕贼人押送到官府，还不一定有赏钱；等盗贼作完案出来再抓捕，到时候人赃俱获，一定能获得更多的好处。

过了一会儿，殷乾听到院子里传来妇人的哭泣声。殷乾怀疑出了事，赶紧翻墙进去查看。只见房中一个妇人正对着镜子梳头，房梁上一个蓬头散发的人正用绳子钩吊妇人。

殷乾明白了，这是吊死鬼在找替身，当即大喝一声，破门而入。邻居们听到了殷乾的叫喊声，全部围了过来。殷乾将刚才看到的事情都告诉了他们。众人进了里屋，发现妇人已经上吊，赶紧将她救下。

妇人的家属向殷乾道谢，准备了酒水食物款待他。吃完饭后，殷乾沿着原路回家，此时天还未亮。殷乾走着走着，背后忽然传来窸窸窣窣的声响，他回头一看，原来是刚才的吊死鬼。吊死鬼骂道："我本来要取那个妇人做替身，但你非要多管闲事！"说完，

吊死鬼就向殷乾攻击过来。

殷乾一向胆大勇武，就与吊死鬼搏斗起来。殷乾感觉到，自己的拳头打到的地方都有一股森冷之意，隐约还有一股腥味。

天色渐渐亮了，吊死鬼的力量开始衰弱，殷乾则越战越勇，紧紧抱住吊死鬼不松手。路上的行人看着殷乾抱着一段朽木不停咒骂，就走到他跟前查看。这时，殷乾才如梦初醒，松开了手，任凭朽木坠在地上。殷乾骂道："这吊死鬼附在木头上！我决不会饶恕它，我要用铁钉将木头钉在庭柱上！"

殷乾将木头钉上后，每到夜里庭柱上都会传出哭泣的声音，听上去极为痛苦。过了几天，许多鬼来到庭中，有的与吊死鬼聊天，有的安慰吊死鬼，有的还替吊死鬼向殷乾求情，殷乾不为所动。

只听一个鬼对这吊死鬼说道："幸亏这个人只是用铁钉钉住你，要是他用绳子捆绑你那才叫苦呢。"其他鬼赶紧打断它："别说！别说！这个机关泄露了，殷乾就知道该怎么对付鬼了！"

第二天，殷乾按照鬼所说的，用绳子将木头捆绑了起来。当天夜里，就再没有传来吊死鬼的声音。等到天亮后再去查看，发现那段朽木已经消失了。

# 一目五先生

## 五只鬼共享眼睛

　　浙中一带有五个非常奇特的鬼，其中四个鬼都是瞎子，只有一个鬼有一只眼睛。五个鬼都靠着这只眼睛来看东西，所以这群鬼被叫作"一目五先生"。

　　这年瘟疫横行，五个鬼约好一起出门。等到人们都睡熟后，五鬼挨个去嗅这些人。如果人被其中一个鬼嗅过，这个人一定会生病；如果人被五个鬼都嗅过，那这个人必死无疑。四个瞎子鬼因为看不见，所以都听从有眼睛的鬼的命令。

　　这天夜里，五鬼去了一个旅店。旅店中的人几乎都睡着了，只有一个姓钱的人还没有入睡。姓钱的人发现，房间中的烛光忽

然暗了下去，五个鬼列成一排，蹦蹦跳跳地走了过来。四个瞎眼鬼正要去嗅一个旅客，一眼鬼赶紧阻止，说道："这是个大善人，不能害他。"四鬼又去嗅另一个旅客，一眼鬼再次阻止："这人有福气，不能嗅他。"四鬼又换了一个人，一眼鬼仍然阻止，说道："这是个大恶人，更不能嗅他！"

四鬼不由抱怨："这个不能嗅，那个也不能嗅，我们吃什么？"一眼鬼指着另外两个旅客说道："这两个人不善也不恶，也没有什么福气，还不快吃他们？"四个立即上去嗅了嗅两人，于是两人的呼吸渐渐微弱，而五个鬼的肚子渐渐鼓胀了起来。

# 刑天国

## 传说中的刑天

这是温州府秀才王谦光讲述的故事。

王谦光曾经漂流至一个岛上，这岛上有男女上千人，全都身材肥短。这里的人都没有头颅，而是用两个乳头作眼睛，以肚脐作嘴巴。

他们将食物拿到腹前，用肚脐食用，食用时会发出"啾啾"的声音。这些人发现王谦光有头颅，都感到十分惊奇，男女老少都前来观看。

这些人的肚脐中有一个舌头，他们纷纷伸出舌头，争相舔舐王谦光。王谦光大惊失色，急忙逃到山顶，和同伴一起扔石头攻击这些岛民，这些岛民才散开。

有见识的人说道："《山海经》上记载有刑天氏，刑天氏被大禹所杀，但他的身体却没有死亡，还能拿着斧头挥舞。"唐代颜师古等人所作的《慈寺碑》上有"刑夭"两个字，应该是"刑天"。

明代徐应求的《谈荟》上记载"无头人织草鞋"，讲的是在战场中失去了头颅的士兵回到家，还和活人一样的故事。他的妻子将食物放在他的喉管中，想吃东西时，士兵就写一个"饥"字，吃饱了就写一个"饱"字，如此活了二十几年才真正死去。

# 两神相殴

## 神灵争执斗殴

常州的钟悟是一个举人,一生行善,但到了晚年也没有一个儿子,吃穿用度也不周全,他为此闷闷不乐。临危之际,他对妻子说道:"我死了之后,先不要把我放在棺材中。我有不平事要上诉给冥王知晓,说不定会灵验。"说完后,钟悟气绝而亡,但胸口仍有余温。妻子听从钟悟的吩咐,停尸守候。

三天后,钟悟果然醒了过来,说道:

"我死后到了阴间,只见阴间来来往往与人世没有什么不同。又听说有一个叫李大王的,专管赏善罚恶。我求人指路到了他的衙门,准备申诉。李大王的宫殿雄伟气派,我进了殿后将自己的委屈一一诉说,认为自己做好事没有好报,责问神为什么不灵验。李大王笑着说道:'你是善是恶,我自有分晓。不过你有没有儿子,是贫是富,我就不知道了。这也不在我的管辖范围。'我又问这事归谁管,李大王说这事归素大王管。我心想,莫非李就是讲理,素就是有数?于是请求李大王将我送到素大王那里。李大王说:'素王府向来注重尊严,不像我李王府一样让你随意进出。我现在正好有一件事要找素大王商量,你可以随我同去。'

"过了一会儿,传来一阵车马声,李大王的随从仆役全都严阵以待。走到半路上,就见到很多人跟在车后,有人流血不止,自称受了冤枉不得昭雪;有人咬牙切齿,憎恨奸党未除;有美貌妇人拽着丑男，说是婚姻错配；跟在最后的一个人更是了不得，穿着龙袍，戴着王冠，束着玉带，俨然是个帝王。他容貌仪伟，但浑身湿透，说道：'我是周昭王，我的祖先从后稷、公刘算起，每一代都仁厚积德；我的祖辈文王、武王、成王、康王也都是圣贤君主，为什么到了我这里，我要在南征途中溺水而亡？如果不是勇士辛游靡靠着力气捞出我的尸体，恐怕我已经被鱼虾吃掉了！后来齐桓公虽然查过了这件事，但也是装点门面，草草了事。这桩大案、奇案，两千年来竟然没有报应！希望神明能替我查一查。'

"李大王听过后连声说是，保证细查。"钟悟听了众鬼的话后，才知道世界上冤枉不平事比比皆是，自己这点事实在是小事一桩，心中的气当即消了大半。

　　"又过了一会儿，有开路的人大声唱道：'素王驾到！'李大王迎上前去，在轿子中低声交谈。开始声音尚小，后来语气逐渐激烈，争执的话谁都听不懂。最后，两神直接下了车辇，互殴了起来。李大王渐渐呈了弱势，旁边的鬼纷纷上前协助，钟悟也上前相助，但还是没能战胜素王。李大王愤怒地说道：'我要上告玉帝，听候处分！'随即腾云而起，两神都消失不见。

　　"过了一会儿，有仙女来宣读玉皇大帝的旨意，说自古以来，理不胜数，天下大事，素王掌管七分，李王掌管三分。素王好酒，醉后总是颠倒是非。李王能饮三杯酒，所以天下事还有三分公理。这件事千秋万世都是这样的，就连玉帝也没有办法。钟悟这个人阳寿到了，但我希望他能回阳间去开导众人，免得告状的人越来越多，所以特地开恩，增加他十二年的阳寿。"

　　钟悟听了玉帝的诏书后，还魂醒来，过了十二年才离世。钟悟生前常说："李大王面貌清雅，如同世间所说的文昌神；素王面貌丑陋、一团浑浊，就连他身边的仆从也是这个样子。这些成百上千的仆从里，总有几个清秀可爱的，只不过被同党排挤不受尊重罢了。"

　　钟悟本名钟护，经历这件事后改名为钟悟。

# 符离楚客

## 梦回古战场

康熙十二年（1673 年）的冬天，一个湖北的商人去山东做生意，途经徐州。到了符离的时候，已经是夜里二更，北风呼啸。商人见路旁一家旅店灯火明亮，便前去请求喝酒住宿，但店家却面露难色。这时，店内的一个老人家看他一路奔波劳累，心生同情，便对商人说道："我们正准备款待远征归来的将士，可惜没有多余的酒水食物给你，右边有一间客房，你可以暂时住一下。"说完便将商人领进了房间。

商人腹中饥饿，辗转反侧，不能入睡。忽然，外面传来了人马的喧闹声。商人心中疑惑，起身去了门缝处暗中观察。只见门外密密麻麻一大圈人，看上去都是士兵。士兵们席地而坐，一边吃喝一边讨论战事，具体在讨论什么难以听清。

过了一会儿，士兵们互相通知道："将军到了！"又过了一会儿，几十对纸灯依次导引过来，一位飘着长长胡子的将军从马上一跃而下，入了上座。士兵们则在外面守候。

店家端上酒水饭菜，将军大口食用。吃完后，将军吩咐门外的士兵们进来，说道："大家都出门打仗很久了，现在都归队休息去吧。我也要休息一下，等到公文到了再出发。"众士兵应声告退。

这时，将军说了一句："阿七过来！"门外的一位年轻士兵

走了进来，店内其他人都纷纷回避。将军和阿七一起进入了左边的房间。商人心中好奇，就走出房门到了将军的门外，接着从门缝往里望去。

只见房内设施简单，只有一张竹床，连被褥和床垫都没有。长胡子将军举起手，用力旋转了一下自己的头颅，将头颅摘下放在床上。阿七则握住了将军的双臂，帮助将军将手臂卸了下来，也放置在了床上。接着，将军的身子也躺在了床上。

将军安置完毕，阿七也摇动自己的身子，只见他从腰部断为两截，倒地睡下。这时，灯也熄灭了。

目睹了屋内情形的商人大惊失色，急忙回到自己房中，吓得用袖子遮住了自己的面孔。商人心中害怕，翻来覆去难以入眠。很久之后，听到远处传来了一声鸡叫，这时商人感觉到身上寒冷，拨开衣袖一看，此时天色快亮。再看自己，原是睡在一片杂树丛中，周围一片荒芜，没有旅店，也没有坟墓。

商人忍着寒冷前行，走了大约三里路看到了一家旅店。此时店主刚刚开门，店主见商人这么早来住店十分好奇，商人就将昨晚遇到的诡异事情告诉了店主，并向店主打听昨晚自己露宿的地方是何处。店主答道："这一带是古代的战场。"

# 洗紫河车

## 误入鬼门关

四川酆都县衙门有一个差役名叫丁恺。这天他带着公文前往夔州，在路过鬼门关时，看到鬼门关前竖立着一块石碑，石碑上写着"阴阳界"三个字。丁恺走到石碑下，认真观看了很久，不知不觉间就越过了石碑分界线，他想原路返回却迷失了方向，只能随意走着。

丁恺走进一座古庙，见庙里的神像颜色已经脱落，两旁站立的牛头马面像上有一层厚厚的灰尘，蛛网密布。丁恺不由感慨，这庙中竟然没有当家的和尚，便抬起袖口，拂拭掉了神像上的灰尘。

丁恺又走了两里多路，忽然听到了水声，一条大河挡住了他的去路，这时他看到一个妇人在河边洗菜，菜色呈紫色，枝叶环抱，如同一朵荷花，丁恺走近细细观看，却发现这妇人竟是自己死去的妻子。

妻子见到丁恺到了这里大吃一惊，问道："夫君你为何到了这里？这可不是人间啊。"丁恺将事情的经过告诉了妻子，问妻子现在住在哪里，手里洗的又是什么菜。丁恺妻子回答道："我死后嫁给了阎罗王的差役牛头鬼，现在住在大河边的槐树下，刚才洗的就是人间的胎盘，俗称紫河车。胎盘洗过十次之后，出生的小孩就会眉清目秀，长大之后一定安享富贵荣华；胎盘洗过两三次，小孩长大之后就是一个平常之辈；而那些没有经过洗涤的胎盘，小孩出生之后就是愚昧丑陋的人。阎王将这份差事派给了牛头鬼，我现在是在替丈夫清洗胎盘。"

丁恺问妻子："有办法让我返回阳间吗？"妻子说："我回去和现在的丈夫商量一下，但是我曾经是你的妻子，现在又成了鬼的妻子，一开口就是新夫旧夫的，总觉得有些尴尬。"

说完她就将丁恺邀请到家中，聊起了家常。她问起了阳间朋友的情况。没过一会儿外面传来一阵敲门声，丁恺感到害怕，急忙钻到床底下躲着。妻子开了门，牛头鬼进屋将罩在头上的牛头面具取下扔在茶几上，去掉面具后的牛头鬼相貌和普通人一样。牛头鬼对妻子说道："今天太累了，伺候阎王爷审了几十起大案，站了太长时间，脚跟酸痛，快去拿点酒来倒给我喝。"

牛头鬼渐渐发现屋中不对劲，问道："屋里怎么会有活人的气息？"牛头鬼一边嗅一边找寻活人。妻子猜想丁恺到来的事情瞒不过去，索性将丁恺从床底拖出让他跪下，将事情的原委告诉了牛头鬼。

妻子替丁恺苦苦求情，牛头鬼见了丁恺说道："这个人不只你要救他，其实他对我也有恩情。我的塑像在庙里满面灰尘，就是他替我擦干净的，他是个忠厚的长者，但是不知道他的阳寿还有多少，我明天去判官那里偷看一下他的生死簿，就明白了。"

牛头鬼请丁恺入座，三人一起喝酒。上菜后，丁恺举起筷子正要夹菜，牛头鬼和妻子急忙阻止，说道："鬼喝的酒你喝一点儿没有关系，但鬼食用的食物你可不能吃，吃了之后就要永远留在阴间。"

第二天，牛头鬼一早就出去了，直到很晚才回家。回家后他

高兴地向丁恺说道："我已经查过了生死簿，你的阳寿还没有结束，恰好我手上有一件事情要办，我正好送你出鬼门关。"

牛头鬼手里拿着一块肉，颜色发红，发出阵阵腥臭味。牛头鬼对丁恺说道："我把这块肉送给你，你拿着它可以发大财。"

丁恺问道："为什么拿着这块肉就可以发财？"牛头鬼回答道："这是河南富商张某身上的一块肉，张某平时行为恶劣，阎王捉到张某后，用钩子钩住了他的背，将他吊在铁锥山上，没想到半夜里张某背上的肉被钩脱，让他逃回了阳间，现在张某正在阳间患背疮，没有一个名医能治好他。你去寻找张某，将这块肉研成碎末敷在他的背上，这样就可以治好他的背疮。他一定会重金酬谢你。"

丁恺告别了妻子，用纸将红肉包好藏在身上，随后与牛头鬼一起出了鬼门关。刚到石碑处，牛头鬼就消失了。

丁恺到了河南，果然有个张姓的富商长了背疮，于是丁恺用牛头鬼给的红肉将他的病治好了，张某给了丁恺五百两银子作为酬谢。

# 白虹精

## 仙凡之恋

浙江塘西镇丁水桥，有一个撑篙的船夫，名叫马南箴。这天夜里，马南箴撑着船航行在水上。忽然，岸边传来一阵叫停声，原来是一个老妇人带着她的女儿，请求搭渡。船上的客人不愿意，打算拒绝。马南箴劝告道："这半夜三更的，她们妇道人家没有办法回去，搭她们一程也算是积了阴德。"

于是，马南箴招呼母女二人上船，老妇人带着女儿进了船舱，一声不响。此时正是初秋，北斗星的斗柄指向西方，老妇人指着星空对着女儿笑着说道："猪郎又用手指着西方了，这是什么风气吗？"

女儿说道："并不是如此，七郎也是迫不得已，如果不随时移动方向，恐怕世人都不能辨别春秋了。"船上的客人对她们的话语感到很奇怪，面面相觑，但老妇人与女儿都毫不在意。

此时船已经行进到北关门，天色渐亮，老妇人拿出口袋中的黄豆，感谢马南箴，还剪下了一方麻布包着豆子，对马南箴说道："我姓白，住在西天门，如果你要见我的话，踏在麻布上就可以升天而行，到达我家。"说完之后老妇人就消失了。

马南箴以为遇到了妖怪，便将豆子撒在了野外。回到家中，马南箴卷起袖子，发现还有数个豆子遗存了下来，此时才发现这些豆子竟然都是黄金。马南箴后悔不已，说道："原来是遇到了

仙人！"

他赶紧跑到扔豆子的地方寻找，此时豆子已经消失了，而麻布还在。马南箴站在麻布上，他的脚下忽然升起了云朵，马南箴感觉身体也变得轻盈，被麻布托着冉冉升起，还能在空中看到村民从脚下经过。

麻布带着马南箴腾空直上，最后到了一处地方。这地方琼楼玉宇，一个青衣侍女站在门外说道："郎君果然来了。"说完就扶着老妇人走了出来。老妇人说道："我与你有些夙缘，愿意将我的女儿嫁给你。"

马南箴谦让了一番，说这并不合适。老妇人说道："哪有什么合适不合适，缘分所在，就是合适。我在岸边请求搭船时，缘就已经产生了，你肯搭渡我，缘就已经结下了。"

老夫人已经准备了酒水饮食，堂上一片笙歌曼舞，婚礼已经准备好了。马南箴在天上居住了一月有余，虽然大家都对他很好，但他还是思念家乡。马南箴请教妻子该如何回家，妻子让他踩着麻布，乘着云朵回家。

马南箴按照妻子所说，竟然又回到了丁水桥，乡里的人围聚在一起，不肯相信他是从天上下来。从此往后，马南箴以麻布作为车马工具，往返于天上、人间。马南箴的父母对这种行为十分厌恶，悄悄地烧掉了麻布。麻布燃烧时散发出来的异香，几个月都没有消散。就这样，马南箴和天上再也没有来往了。有人说，那位姓白的妇人就是白虹精。

# 飞僵

## 摇铃铛制服飞僵

颍州的蒋太守曾经在直隶遇到过一个老人，这老人双手时时颤动，仿佛在摇铃铛。蒋太守问老人为何这样，老人说道：

"几十年前，我家住乡下，村中仅有数十户人家。山中出了一个僵尸，能够在空中飞行。僵尸会吃小孩，每天太阳还未下山，村民们就会将门上锁，把孩子藏起来。即便是这样，孩子还是常常被僵尸捉走。村民探查了僵尸的洞穴，这洞穴深不可测，没有人敢去触犯他。村民们听闻城中有道士擅长法术，所以筹集了金银钱财，去请他来捉拿僵尸。道士答应了我们的请求，挑选了一个日子来到村中。

"道士到了后，立马设立法坛，道士对我们说道：'我的法术能布下天罗地网，让僵尸再也无法飞起来，但也需要你们的协助，我需要你们拿兵器帮助我，还需要一个胆大的人去往僵尸的洞穴。'村民没有一个敢前往，我便挺身而出，问道士要我做什么。道士对我说，僵尸最怕铃声，等到夜间僵尸飞出的时候，我就可以进入洞穴，我要一直摇两只铃铛，不能停下，只要稍微一停顿，僵尸就会进入洞穴，到时候我会受伤。

"当天夜里一更，道士登坛作法。等到僵尸离开洞穴，我急忙进入洞中，拿着两个铃铛使劲乱摇，就如同下雨一样，一刻也不敢停下。僵尸回到洞口恶狠狠地盯着我，但是因为铃声没有停

歇，僵尸只能在洞口转来转去，始终不能进洞。这时候僵尸已经被村民们团团围住，无处可逃。僵尸张牙舞爪扑向众人，与村民格斗起来。等到天快亮了，僵尸扑通一声倒在地上，村民们举着火把将僵尸焚烧了。我当时在洞穴中并不知道这些事情，一直摇铃铛不敢停下。到了天亮的时候，听到村民的呼声我才出来，但是我的手始终在摇个不停，后来就落下了手抖不止的病症。"

# 卖蒜叟

## 老人真人不露相

南阳县的杨二相公擅长拳法，颇有勇力，能够用双肩扛起运粮船。几百名押运粮船的士兵用竹篙刺他的身体，他自己毫发无伤，竹篙反而寸寸断裂。杨二相公也因此闻名乡里。

杨二相公带着他的徒弟前往常州传授武艺，每次都会到演武场上传授枪法和棒法。围观杨二相公的人很多，密密麻麻仿佛筑起一道人墙。有一天，杨二相公正在教人武艺，忽然来了个卖蒜的老头儿。老头儿老态龙钟，弯腰驼背，一直不停地咳嗽。老头儿歪着身子看向杨二相公，嘲笑杨二相公的本事。

围观的人们都很惊讶，就将这个事情告诉了杨二相公。杨二相公大怒，叫老头儿来到面前，向着砖墙打了一拳，拳头陷入墙内，有一尺来深。

杨二相公傲慢地说道："老头儿，你能办到吗？"老头儿说道："你的本事能够打墙，但不能打人。"听完这话，杨二相公更生气了，他骂道："死老头儿，你能承受住我的拳头吗？打死了你可不要抱怨！"

老头儿说道："我这把老骨头已经是快死的人了，能够以一死来成就你的名声，有什么可抱怨的？"于是就让大家做了见证，写了誓书。老头儿叫杨二相公休息三天，三天后再接杨二相公的拳头。

三天后，老头儿叫人把自己绑在树上，解开衣服，袒露出肚子。老头儿叫杨二相公攻击他，杨二相公在十里开外就摆好架势，冲上前去用力向老头儿肚子打去。

　　结果出人意料，老头儿一声不吭，杨二相公却跪倒在地。杨二相公磕头说道："晚生知罪了。"杨二相公准备拔出自己的拳头，谁知拳头就夹在老头儿的腹中，怎么都拔不出来。

　　杨二相公苦苦哀求，很久之后，老头儿鼓起肚子放开了他的拳头，松开的一瞬间，杨二相公就跌倒在石桥底下。老头儿慢慢地背起蒜离开了，最终也没有告诉别人他的姓名。

# 仙鹤扛车

## 修仙需要批准

方绮亭曾在江西某县做过知县，他的同事郭某是四川人。

郭某说他年轻时想要脱离世俗，一心学习道术。为此还特意去了峨眉山，在山上他遇见一位老人家。老人家胡须很长，相貌清秀，头戴羽巾，步履轻盈。老人家领着他朝前走，最后来到一个地方。这地方宫殿巍峨，高耸云端，如同帝王的居所。老人家告诉他："你想学习道术的话，必须要得到大王的同意。大王外出还没有回来，你在这里稍等片刻。"

不久，仙乐响起，声音洪亮而又嘈杂，一阵奇特的香味扑鼻而来。这时，两只仙鹤扛着水晶做的轿子，轿中坐着的大王很像世间所画的香孩儿：身穿红衣绣花兜肚，长得洁白如玉，张嘴嘻嘻微笑，身高不过一尺上下。众神都俯身伏在地上，把他迎进宫去。

老翁对大王禀告道："有一位一心求道的郭某想要拜见大王。"于是，大王宣了郭某进殿，大王认真地看了郭某很久，说道："他不适合做神仙，速速将他送回人间！"就这样，老人家又将郭某带了出来。

郭某问道："大王为什么看起来年纪这么小？"老人家笑着说道："做神仙的、做圣贤的、做佛菩萨的，修炼成功后都会是婴儿相貌。你没有听说过孔子就是儒童菩萨吗？孟子也曾经说过，

圣人不会丢失自己的赤子之心。我们大王看着年幼，实际上已经五万岁了。"

郭某没有得到大王的同意，只能下山回家，他对大王宫殿门口的对联记忆深刻，那对联是用红字写的："胎生卵生，湿生化生，生生不已；天道地道，人道鬼道，道道无穷。"

# 张大帝

## 张大帝除妖

李安溪相公死后葬在福建的一座山上。他所葬的位置是一片风水宝地，这引来了一个姓季的道士的觊觎。

当时，道士的女儿得了肺痨，命不久矣。道士就对女儿说："你是我的亲生女儿，现在已经活不久了。我想从你身上取一样东西，有了它就可以光大我们季家。"

女儿十分惊讶，但还是顺从了父亲。道士接着说道："李家坟墓的风水很好，我看中那里很久了，但是得把亲生骨血埋葬在那里才会灵验。如果用的是死去子女的尸骨，效果就没有那么好，活着的子女我也不忍心伤害。眼下你将死未死，正适合去做这件事情。"

女儿还没反应过来，道士就用刀剁下了她的手指。道士将手指放入一只羊角中，又将羊角偷偷埋在李安溪的坟墓旁。

在这以后，李家每死一个进士，季家就会中一个进士；李家的收成减少多少，季家的收成就增加多少。人们都觉得这件事情很诡异，但不明真相。

这年正值清明，村中百姓恭迎张大帝神像，还举办了赛神会。赛神会办得十分热闹，观众云集，彩旗招展。村民们抬着张大帝的神像路过李家坟地时，神像忽然重若千钧，几十个村民都无法抬动。一个男子反应过来，说道："快回庙里！"于是众人换了方

向，张大帝的神像也恢复了正常重量。

村民们回到庙中，只见张大帝坐在上方。张大帝对他们说道："我乃张大帝，刚刚路过的田里有妖怪，须得将这妖怪捉拿归案！"接着，张大帝一一为村民们分配武器，有的村民拿锄头，有的村民拿绳子。等到一切安排好后，张大帝催促村民们去李家坟地。

村民们很快就到了李家坟地，他们按照张大帝的嘱咐，在李家坟墓旁一番寻找挖掘。过了一会儿，他们就挖出了羊角。羊角这时候已经呈金色了，羊角中有一条细小的红蛇，正在蠕动。张大帝又命人拿绳子将季道士捆了过来，押送官府。县令审问了季道士，得知了真相。

从此以后，李家的家业又变得蒸蒸日上，李家人对张大帝的供奉也十分虔诚。

# 鬼着衣受网

## 女鬼被纸衣束缚

庐州舒城县，有一个姓陈的村民，他的妻子被一个女鬼缠住。女鬼总是折磨她，有时候会用手扼住她的喉咙，有时候会用绳子勒她的脖子。这女鬼无声无息，没有人能够看见她。陈妻被女鬼折磨得苦不堪言，有时候用手扒自己的里衣，还能扒出一些草绳。陈某给了妻子一些桃树枝，说道："下次女鬼再来，你就用桃树枝抽她！"

女鬼又来骚扰陈妻，陈妻用桃枝抽打她，女鬼勃然大怒，闹得比以前更凶了。陈某左思右想，决定进城去求一个姓叶的道士。陈某给了叶道士二十两银子，将他请入家中。叶道士在陈家开坛作法，在东南西北四个方向设下八卦阵，在祭坛上放了一只小瓶，在瓶旁边放了十多件女式纸衣，这些衣服由红、黄、蓝、白、黑五种颜色的纸剪成。安置好一切后，道士披头散发，念诵咒语。

到了夜里三更，陈妻说道："女鬼来了，手中还拿着猪肉。"陈某听了后，拿着桃枝对着空气一顿抽打，空中随即掉下几块肉。道士偷偷告诉陈妻："如果能想办法让女鬼穿上那些纸衣，就能很容易捉住她。"

过了一会儿，女鬼果然注意到了五颜六色的纸衣，伸手去取。陈妻故意叫道："不许碰我的衣服！"女鬼看陈妻激动，更加来劲，笑嘻嘻地说道："好漂亮的衣服呀，正适合我来穿。"说完，

女鬼就将纸衣一件件地穿在身上。

这时，五色纸衣瞬间化成罗网，将女鬼层层裹住。罗网开始尚有余地，渐渐地越收越紧，女鬼穿着纸衣怎么都逃不出叶道士的八卦阵。

叶道士继续画符念咒，将一杯法水向女鬼泼了过去，杯子正中女鬼头上，却毫无破损。女鬼仓皇逃窜，逃到东边，杯子就追击到东边；躲到西边，杯子就追击到西边。过了一会儿，杯子碎裂，女鬼的头也快裂开了。叶道士立即将女鬼收入小瓶中，用五色纸条封住，盖上法印，将女鬼埋在桃树之下。

叶道士又用符纸灰和降香粉末和在一起，搓成了一个团子。他将团子交给陈妻，嘱咐道："这个女鬼有个丈夫，半个月之内一定会来找你报仇，到时候你就将这个团子扔在他的身上，扔中了就没事了。"

过了几天，女鬼的丈夫果然来了，其面貌狰狞可怖。陈妻按照道士的吩咐，将团子投在男鬼身上，男鬼立即逃走了。

# 文人夜有光

这个事情是爱堂先生讲述的：

有一个老学究在夜间走路，遇到了自己一位已经去世的朋友。这老学究正直，问心无愧，所以并不害怕。老学究问道："你要去哪里？"朋友回答道："我在阴曹地府担任冥吏，现在要去往南村。我有勾魂的工作要做，正巧和你顺路。"

一人一鬼就这样结伴行走。到了一处破屋，朋友说道："这是有才华的文士的住处，我们不能进去。"老学究问朋友，如何知道屋主是一位文士。朋友回答道："文人白天奔波劳碌，将性灵都磨灭了。反倒是夜间，放空心神没有杂念，身上的元神清澈明净起来，所读过的书，字字都吐露光辉。这光辉从百窍中散发出来，这种光芒缥缈缤纷，灿烂如锦绣。学识如郑玄、孔颖达，文章如屈原、宋玉、班固、司马迁的人，他的光芒向上，可照亮云霄和天河，与星月争相耀炫。差一点儿的，光芒有数丈；再差一点儿的，光芒为数尺，依次渐低。光芒极暗的，相当于一盏荧荧小灯，照映房中的门窗罢了。这些光芒，人看不见，只有鬼能看到。这间屋上的光芒高七八尺，因此得知里面是个文士。"

老学究问道："我读书一生，睡后的光芒当有怎样高？"这鬼欲言又止，好久以后说道："昨天经过你的师塾，你正在午睡，见你胸中有高头讲章一部，墨卷五六百篇，经文七八十篇，策略

三四十篇，字字化成为黑烟，笼罩在屋上。学生们诵读的声音，如在浓云密雾之中。实在未见光芒，不敢胡言乱语。"老学究听了非常气愤，对这鬼怒叱一番，那鬼便大笑而去。

# 掠剩鬼

## 剥削太多会当鬼

　　扬州法云寺的僧人珉楚，与中山县的商人章某关系很好。章某死后，珉楚为他设斋诵经，长达数月。

　　有一天，珉楚在市集上遇到了章某。当时珉楚还没有用饭，章某便请他进了饭店，买了胡饼给他。吃完东西后，珉楚问道："你不是已经死了吗，怎么会在这里？"章某说道："我因为犯了些小罪，进了地府之后被分配到扬州当掠剩鬼。"

　　珉楚问道："什么是掠剩鬼？"章某说道："凡是当小吏的、做商人的，能赚取的利润都是有一定限制的。超过限制所挣的钱，就和掠夺别人的钱没有区别。现在人间像我一样的掠剩鬼非常多。"

　　谭某指了指一个路过的僧人，说道："他也是鬼。"说完就和僧人打了招呼，交谈了许久。珉楚和章某向南行走，遇到了一个卖花的妇人，珉楚说道："她也是鬼，卖的花是鬼用的花，在人间没有用处。"

章某拿钱买了枝花，对珉楚道："凡是看到这朵花会发笑的，都是鬼。"说完就告辞离开了。这花是红色的，芳香可爱，拿在手中很有分量。珉楚拿着花恍恍惚惚地回去，路上很多人见了花都露出笑容。到了法云寺北门，珉楚想到自己与鬼同游，又手持鬼花，恐怕不太吉利，就将花扔到旁边沟渠之中。花一落入水中就溅起了水花。

珉楚回到庙中，僧人见他面如死灰，认为他中了邪，就取来汤药给他服用。珉楚过了很久才清醒过来，给其他僧人讲述了事情的经过。僧人们就去他扔花的沟渠查看，发现那哪里是一朵花，分明是一只死人的手。

# 魖魖

## 向魖魖鬼讨富贵

　　山阴县高进士的父亲高某，年轻的时候给别人做帮佣。这天正是黄昏，高某在回家的路上看到了一个长得很高的鬼站在路旁，身子倚靠在屋檐上。

　　高某胆子很大也很好奇，就在旁边观察，看鬼到底要做什么。只见这鬼手中捧着一个婴儿，说道："我本来是想吃掉你的，但你命中注定会当上九品官员，坐享三千亩良田，拥有九间房屋，还会有两个儿子。你这么好的命，我想吃掉你都不忍心。"

　　说完，鬼就将婴儿放在屋顶上，准备离开。高某喝了些酒，胆气上涌，在一旁琢磨道："这鬼连一个婴儿都不忍心吃，又怎么会伤害我呢？我如果命里注定不会死，他也吃不掉我。所以我没有理由害怕他。"

　　想清楚后，高某大声地对鬼说道："我听说，身体很高的鬼名叫魖魖，能够让人富贵。您一定就是魖魖吧？我请求您让我发达。"

　　魖魖鬼不想搭理高某，甩了甩袖子让他离开。但高某一直请求，缠着不放。魖魖鬼没有办法，就从袖子里拿出一段绳子，将绳子绑在一截竹竿上，做成了秤一样的物件。魖魖鬼将物件交给了高某，高某仍不满足，还想再讨要一个秤砣。魖魖鬼不予理会，挥了挥袖子原地消失了。

高某回家后将这件事情告诉了妻子，还搬来梯子将鬼放在屋顶上的孩子抱了下来。第二天，村外的冯家人丢了儿子，找了过来。高某将婴儿抱了出去，还把魍魉鬼所说的话告诉了孩子父亲。

　　冯某拜谢高某，感激地称呼高某为外父。后来这冯姓婴儿做官做到了山西巡检，房田数量、生育子女都印证了魍魉鬼的话。高某也日渐富裕，他的儿子还考中了进士。

# 道士取葫芦

道士贩卖神药

秀水人祝宣臣，名维诰，乾隆三年（1738年）乡试举人，与袁枚是同年。

祝维诰的父亲祝某，家中颇有财产。有一天，有个长胡子道士上门求见，祝某问道："大师您有什么事吗？"

道士答道："我有一位朋友住在你家，特来拜访。"祝某疑惑道："我家中并没有道人，请问你朋友是谁？"道士说道："我的朋友现在就住在你书房的第三间，你如果不相信，可以和我一起去看看。"

于是，祝某和道士去了第三间书房。书房墙上挂着一幅吕纯阳的画像，道士指着画像笑道："他是我的师兄，偷了我的葫芦久不归还，现在我要讨回来。"

说完，道士对着画像做出取葫芦的样子，谁知画像竟然发生了变化，画像上的吕纯阳笑着将葫芦交给了道士。祝某目瞪口呆，仔细一看画像，画像上的葫芦果真不见了。祝某非常吃惊，问道："这葫芦有什么用处？"道士回答道："这里一府四县，夏天将有大瘟疫流行，到时候恐怕鸡犬不留。我来取葫芦也是为了救这里的百姓。如果有善心人愿意买我的药，到时候不仅能保护自己，还能救更多的人，立下大功德。"

道士从口袋中拿出药丸，药气芳香扑鼻。道士将药丸展示给

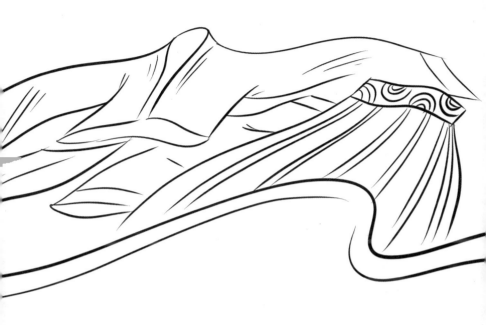

祝某看，说道："今年八月中秋，到时候月色大明，我会再次来到你家里，你可以准备好瓜果款待我。可惜到时候，这里的人口要少上一半了。"

祝某听了这话心动不已，问道："我可以立下这个功德吗？"道士说："可以。"于是，祝某命仆人拿了一千两银子给道士。道士将银子放在腰间，仿佛只是放了布一样，感觉不到重量。道士留下了十丸药给祝某，从此祝某一家将药丸奉为神药，早晚叩拜。

这一年的夏天，当地并没有发生瘟疫。这一年的中秋也没有明月，风雨交加，道士也没有如约前来。

## 人虾

### 老人萎缩成虾

清代初期，有个明朝的遗老，想要殉国尽忠，但是不愿意死于自刎、上吊、投水、自焚等方式。他心想，死得最快乐的方式就是像古时候的信陵君一样，死于美酒和美色。

于是，他仿效信陵君的作风，娶了很多小妾，整日纵酒荒淫。这样过了好几年，他还没有死去。但是他的状态比死还更难受，他的督脉都已经断裂，头向前倾，背也驼了，整个人萎缩得如同一只虾，走路都只能爬行。

别人嘲笑他，给他取了个绰号叫"人虾"，这人就这么过了二十多年，直到八十四岁才死去。王子坚先生说，他幼年时曾见到过这个老头。

# 吕道人驱龙

## 吕道人驱龙治病

河南归德府有个姓吕的道人，有一百多岁。他的呼吸和雷声一样大，他要么连续十几天不吃饭，要么一天能吃五百个鸡蛋。

他往别人身上吹气，被吹的人就会感到被火烧一样。有人和他开玩笑，拿了一块饼放在他的背后，没一会儿这饼竟然就被烤熟了。无论是冬天还是夏天，吕道士都只穿着一件布袄，他每天远行三百里路。

雍正年间，王朝恩担任北总河，负责修筑张家口的堤坝，耗费了大量的钱财却始终没能修好，王朝恩为此担忧焦虑，食不下咽。这时，吕道人遇见了王朝恩，对他说："你这堤坝总也修不好，是因为堤坝下方有毒龙作怪。"

王朝恩问道："你有办法除掉这条毒龙吗？"吕道人回道："这条毒龙已经修炼了两千多年，法力高深。当初梁武帝修筑的浮山堰崩塌，数万生灵受到伤害，就是这条毒龙作的孽。如果您想修好堤坝的话，需要我亲自下河去与他战斗，将龙赶走后堤坝自然就能修好了。但是我福缘浅薄，害怕被毒龙所伤，所以必须要仰仗天子的威灵和大人的福力。"

王朝恩问道："该怎么做才可以呢？"道人说道："我请求借用皇帝陛下赐给您的令牌，用油纸包好，大人您在油纸包上盖上您的官印，签下您的姓名加以封印后再绑在我身后，这样就可以

了。”

王朝恩按照道人所说，一一办妥，于是道人拿着剑进入水中。忽然之间，一阵黑风刮起，天空电闪雷鸣，水里波浪滔天。到了第二天夜里，道人来到官署，一副佝偻的样子。道士说道：“我的肋骨被毒龙的尾巴打断了，但我也斩下了毒龙一条手臂，臂已经坠入水中，还剩一只手爪，现在将它献给您。毒龙身负重伤，现在已经投奔东海去了，明天堤坝就可以修成。”

王朝恩听了后很高兴，置办酒席宴请道人，准备找一个医生替道人接上骨头。道人拒绝了，他说道：“我自己运气疗伤，半年后就可以恢复了。”

第二天，王朝恩来到堤坝，一番指挥之下，堤坝果然修好了。道人赠给他的龙爪有水牛角一样大，能嗅出龙涎香的气味，挂在房间里蚊虫都不敢接近。

吕道人自称与李自成交好，曾经为李自成系过鞋带，还与贾士芳一起拜王先生为师。王先生曾对他说过：“你朴实虔诚，可以修成大道；贾士芳好利，又自作聪明，必定不得善终，但是他的名声连天子都知道。”

嵇文敏任总河时，进京觐见皇上。他一去了无消息，家人找到吕道人打听，吕道人说道：“有木头扎进你们家大人眼睛里去了！”嵇家人惊慌不已，以为嵇文敏得了眼疾。后来才知道，嵇文敏被皇帝授予了东阁大学士的官职，这时候他们才反应过来，眼睛是“目”，木头是“木”，两个字加起来正是“相”字，已经暗示嵇文敏为官做相了。

乾隆四年（1739 年），吕道人进京，王公大臣都请他治病，他手到病除。徐文穆公的第六个儿子，得了虚阳之病。吕道士一看他就说："公子脸上没有血色，是梦遗的原因。"

　　吕道人请徐公子闭上双眼，让他脱掉衣服躺在地上，吕道人手拿一尺来长的铁针，向徐六公子心脏刺去，又将针拔出。徐公子心口有血流出，如同红线，吕道人又在他胸口抹了些唾沫，治疗就结束了。旁边的人都被吕道人吓到了，但徐公子完全不知道发生了什么。到了夜里，徐公子的病就痊愈了。

　　王孟亭太守患有腰痛病，请求吕道人为他治病。吕道人说："这个病得天晴的时候才能治。"到了一个晴天，吕道人抓取了一把日光，在王孟亭的腰上搓揉了一番，王孟亭感到五脏六腑暖意洋洋，从此之后就没有腰痛了。

　　王孟亭向吕道人请教导引之术，吕道人不肯告诉他。王孟亭私下里向吕道人身边的童子打听，童子说："主人的导引之术也没什么特别的，我每天早上跟随主人去旷野，主人对着太阳像老虎一样跳跃，用手采集日光放入嘴中，一边吸入一边吞咽，如此重复。"

# 盘古以前天

## 棺材中的上古奇人

传说，阴沉木是盘古开天辟地以前的树木，它一直埋在沙浪中，经历过天翻地覆的劫数，再次出现在人间。因为久在沙浪里待过，阴沉木即便是再被埋入土中，也一万年都不会腐坏。阴沉木是深绿色的，木身上的纹路如同织锦一样。将阴沉木放在地上，百步之内的蚊虫都飞不起来。

康熙三十年（1691 年），天台山崩裂，沙土中出现了一口棺材。这棺材形制诡异，头部是尖的，尾巴却很宽阔，有六尺来高。有见识的人说："这是阴沉木制成的棺材，必定有异样。"

打开棺盖一看，棺材里躺着一个人，这人眉毛、眼睛、嘴巴都变成了阴沉木的绿色，手臂和大腿皮肤如同阴沉木纹，身体没有一点儿腐烂。忽然，这人睁开双眼仰视空中，问道："头上青色的一片是什么？"众人告诉他："这是天。"这人惊讶地说道："我当初还在人世时，天远没这么高。"说完，就闭上了眼睛。

城中男女老少听说这件事后纷纷过来围观，想看一看这位盘古以前就存在的人。忽然，一阵大风吹过，棺中人竟然变成了一个石人。这棺材被知县得到，后来献给了总督。袁枚推测，棺材中的人是上古时代，天地还一片鸿蒙时的人。古老的预言书上曾经记载："万年之后，天可倚杵。"那棺中人说在他的时代天并没有那么高，应该是真话。

# 江秀才寄话

## 千里传音的竹筒

婺源有个江秀才，号慎修，名永。他能制作各种奇怪的器具。

让人在猪尿泡里面放上黄豆，再往里面吹满气，然后把口绑上，这时黄豆就会浮在猪尿泡中间。因此，江秀才相信大地像鸡蛋这样的说法。有愿意做他学生的，先对着这猪尿泡坐着看上七天，要不厌倦，他才认为这个学生值得教导。

江秀才家耕地都用木牛，出城就骑着一头木驴，木牛、木驴不吃东西也不鸣叫，人们都认为它们是妖怪。江秀才笑着说："这是诸葛亮留下的技艺，只不过中间装上了机关，并不是妖怪。"

江秀才有个竹筒，用玻璃做盖子，有钥匙可以开启。开启后如果对着竹筒说话，可以录下数千句。说完话后将竹筒关闭，在千里之内，如果打开盖子侧耳倾听，就能听到竹筒里面的话语，和面对面交谈一样；如果超过了千里，声音就渐渐模糊听不完整了。

这天，江秀才投河自尽，乡里人大惊，急忙将他救起。幸好江秀才只是呛了几口水，并无大碍，他十分气恼地说："我今天才知道什么叫作劫数难逃。我的两个儿子在楚地游历，今天未时三刻，会一起淹死在洞庭湖。你们救了我，就肯定没人救我的儿子了。"

不到半个月，江秀才儿子的噩耗果然传到。这些事情是江秀才的学生戴震告诉袁枚的。

# 佟觭角

## 佟觭角恶鬼附身

　　京城有一个叫傅九的人，从正阳门出城，经过一条巷子。这条巷子路很狭窄，来往的人很多，摩肩接踵。

　　忽然，有个人向着傅九冲了过来，来势汹汹。傅九躲避不及，两个人胸对胸撞上了，这人原地消失，与傅九合为一体。傅九只觉得身体像被水淋过一样，瑟瑟发抖，急忙跑到绸缎铺子里坐下。刚坐定，傅九突然自言自语："你挡住我的去路，真是太可恶了。"

　　说完就开始自己扇自己耳光，拽自己胡子。傅九家人将他带回家，他整夜吵闹。有人对傅家人说："有'活无常'之称的佟觭角可以医治。"佟家人正准备去请，被傅九身上的鬼听见了，傅九瞪着眼骂道："我才不怕什么铜觭角、铁觭角。"

　　佟觭角很快到来，他怒视傅九，说道："你是从哪里来的鬼，在这里害人？快速速招来，如果不如实供述的话，我将你下油锅里炸！"

　　傅九瞪着眼睛不说话，但牙齿上下打战，发出"咯咯"的声音。这时围观了很多人，佟觭角倒了一锅油，点起柴火开始烧油，手中拿着一把铜叉。

　　佟觭角拿着铜叉作势刺向傅九，傅九果然害怕，急忙招供道："我叫李四，是凤阳人。为饥饿寒冷所迫，就去盗人坟墓。谁料盗墓的时候被人抓个正着，仓促之间我用铁锹反抗，接连伤了两

个人。按照律法，我应当被判处斩首。今天就是我在菜市场行刑的日子，我努力挣扎好不容易逃脱，没想到被这个人给拦住了。我心里实在是生气，就这样对他。"

佟觭角说道："你快离开这个人的身体。"傅九大哭着说道："小人在狱中双脚都被冻烂了，不能行走，请求您给我一双草鞋吧。另外请您为我保守秘密，不要让官府知道我逃脱出来了。"

傅九的家人当即烧了一双草鞋给这鬼，傅九跪在地上磕头，伸出脚做出穿鞋的样子。围观的人看到他的样子都不由发笑。

佟觭角问他："你准备逃到哪里去？"这鬼回答道："既然是逃祸，那自然要跑得远远的。我打算去云南。"

佟觭角说道："云南在万里之外，一朝一夕哪能到达，在路上肯定会被差役捉拿住。不如你跟在我身边当个仆人，好歹有个吃饭的地方。"傅九跪在地上磕头，表示愿意。

佟觭角从口袋中拿出符纸点燃，傅九倒在地上不再动弹，很久之后才苏醒过来，醒来后也不记得刚才发生的事情。当天正是刑部秋审判决，原来这个恶鬼不知道自己已经死了。

佟觭角五十来岁，沉默寡言，喜欢睡觉，常常一睡就是三四天。但他家里没有一丝灰尘，据说都是鬼在替他干活。

# 鸡脚人

## 海岛上的鸡脚人

　　福建商人杨某，世世代代都以海上贸易为生。据他所说，他的祖父在康熙年间和其他商人一起出海，结果在海上遇到了大风，被刮到一处海汊。这海汊四周的水位都很高，唯独中间的海湾很低，仿佛藏在水下。

　　杨某祖父的船沿着漩涡而下，幸好人和船都安然无恙。到了海湾，只见这里山川草木、田地蔬果和人世间一样，但是没有房屋。这里的海岸旁还停有一艘船，船上有数十个人，也是从中国来到这里的。这些人看到了杨某祖父等人非常高兴，如同见了亲人一般。

　　据船上人所说，海湾的水在闰年的某一天会上涨，与外间的海岸齐平，也只有这个时候船才能回去。但水上涨的时间很短，也就是一顿饭的工夫，错过了时间就出不去了。船上人也是被飓风吹到此处，有的人甚至在这里住下了，等到闰年涨水的时候才离开。船上人错过了上一个离开的时间，在这里已经逗留了六年。

　　杨某的祖父和同船的商人携带了谷物、蔬菜的种子，就在这里耕种起来。这里土地肥沃，种植庄稼的收成比在外面多上一倍，也不用人去灌溉。他们每天吃完饭后都会回到船上，一心等待水位上涨。

　　这天，杨某祖父和同伴在野外散步，看到对岸溪水旁有人。

这些人都一丈左右，没有穿衣服，身上覆盖着毛发，脚如同鸡爪，胫骨如同牛膝。他们见到杨某祖父，大声与他们交谈，但是没有人听得懂他们在说什么。

　　杨某祖父回去后和另一艘船的人谈起野人，他们也说自己曾经在溪口见过，但是溪水很深，这些毛人不敢过来。他们认为毛人如果渡过来，这群人恐怕一个都活不了。

　　就这样六年时间过去了，到了这年八月，海风刮起，海水上涨。杨某祖父和其他人匆忙上船返回家乡。杨家有一个老仆曾经跟随家主一同前往海外，如今已经八十岁了，还能清楚地讲述这件事。据说台湾有一些鸡爪番人，常常栖息在树上，这个海湾的毛人或许就是他们的同族吧。

# 韩铁棍

## 吞羊力大无穷

　　韩舍龙是山西汾阳人，家境贫寒到连可以居住的地方都没有，只能在县里的破庙中栖身。他一身勇武之力，在外靠给人帮佣做工为生。

　　这天，韩舍龙做工回来，看到一个道士横躺在庙门口。他上前询问，得知道士生了病不能行动，就将道士收留在庙中供养照料。道士受了他的恩惠，却没有表现出感激的样子。

　　就这样三个月过去了，道士的病也痊愈了，他对韩舍龙说道："我很感激你的深情厚谊，无以为报。现在我要离开了，我平生都在蓄藏一样东西，这东西你吃了以后，你的力气会比古代勇士孟贲、夏育还要大，还可以帮助你摆脱贫困。现在我将它送给你。七十二年后，这东西会再次回到我手中。你富裕以后，千万不要做捐钱买官的事情，要不然会折损你的寿命。"

　　说完，道士口中吐出了一只小羊，有拳头大小。道士将小羊放在掌心，韩舍龙仔细一看，发现小羊是用面粉做成的。道士将小羊放进韩舍龙嘴中，韩舍龙正准备吞咽，小羊就自己从喉咙里爬了下去。然后，道士在韩舍龙后脑拍了一掌，韩舍龙当即晕了过去。

　　醒来后，道士已经了无踪迹。韩舍龙试着举起锄头和其他农具，感觉它们都轻得如同稻草。

第二天，韩舍龙去见了打工家的主人，请求在主人家当长工，还让主人买铁铸造一些很大的农具。韩舍龙耕种起来，比十个人都要能干，他每顿饭要吃三斗米，其他食物也要吃上三倍分量。

韩舍龙勤勉有力，主人很喜欢他。这天主人叫他拉五千斤煤炭回家。正要下坡时，拉车的那些骡子突然摔倒，车眼看就要翻了。韩舍龙赶紧在后面，将车拉回坡上，面色如常。

主人知道了这件事后，对他的神勇感到惊讶，派遣他当保镖，负责押送布匹前往京城。在路上，韩舍龙遇见了土匪，当即拔起了路边的枣树向土匪扫去，土匪们都被他打倒并擒获。从此之后，主人就让他负责押镖贩布，还分一些卖布的利润给他，他再也不用像之前一样在田里劳作了。

韩舍龙用精铁铸成了一根铁棍，有二丈长，八百斤重。他用起棍子来没有章法，全靠自己的蛮力攻击，但没有人能抵挡他，江湖上都称呼他为"韩铁棍"，土匪贼寇也不敢冒犯他。韩舍龙将自己的铁棍放在车后面，要八个人才能将棍子拿起，而韩舍龙单手就拿起来了，毫不费力。

这天，韩舍龙到了京城，正要投宿就有人来拜访他。这人自报姓名，说自己是山东白二。他与韩舍龙素不相识，韩舍龙对他的来访很惊讶。白二说道："我听说您擅长使用铁棍，想请您展示一下。"

韩舍龙指了指车后的铁棍，白二走了过去，竟然也单手拿了下来。他对韩舍龙说道："你用这根铁棍，不知道伤过多少人。我抬头仰面，你用铁棍攻击我，如果你能打倒我，你就是真的神勇。"

韩舍龙不同意，说道："我和你无怨无仇，为什么要用伤害人的方式来证明自己？你想要比试，不如我弯曲一根指头，如果你能掰直它，我就隐姓埋名回到乡下，不在江湖上出现。"

说完，韩舍龙就卷起了食指。白二伸手钩住韩舍龙的指头，刚一伸进去，韩舍龙就顺势将白二提起，扔在地上。白二爬起来，满脸羞惭地说道："我本是山东的大盗，一生未逢敌手，没想到今天被你占了先机。"

从此以后，韩舍龙押镖经过山东、北直隶一带，都没有遇到过任何盗匪，和在家里一样安全。就这样，韩舍龙押镖押了二十年，分到了不少钱。于是，韩舍龙从主人家辞职离开了。此后，主人一直将韩舍龙的铁棍放在车后面跟着一起运送货物，持续了二十多年。

韩舍龙回到家乡购买了田产，从此以务农为业，他还有了两个儿子。很快，韩舍龙就年过七十了，这天他正在看自己晒的麦子，忽然一只山羊从场上跑了出来，大家都认为这只山羊是山西出产的胡羊，但并不清楚这只羊是从哪里来的，村民们纷纷追赶它。胡羊拼命逃跑，不小心掉到一口枯井中。众人想下井捉羊，被韩舍龙抢先跳了下去，韩舍龙举起羊，用力向上一扔，不知不觉间身体也随着羊出了井。众人在井外，看到井中飘出一缕白气，此时羊升入云中，韩舍龙跌倒在地。

这时，韩舍龙一身的气力都消失了，力气变得和普通老人一样，他身体还是很健康，只不过现在手无缚鸡之力。韩舍龙这才明白，当初道士所说小羊会回归的含义。

即便失去了神力，韩舍龙还是又活了二十多年，直到九十岁才寿终正寝。他所用的铁棍保留在韩庄，至今已有六十多年，但一直没有人能举起它来。

# 滇绵谷秀才半世女妆

## 男子扮作女子活命

四川人滇谦六，家里很富裕却没个儿子。他曾有过儿子，可是生一个死一个。有个占星先生教给他一种厌胜（逢凶化吉的法术）之法，说："您命里两代人的星宿之光多是雌性星宿，就算您生下了儿子，也很难养大。唯一的办法是，将出生的儿子当作女孩来教养，这样或许可以补救一下。"

不久后，滇谦六的儿子滇绵谷出世。一出世，他就给儿子打了耳洞，留着女式的发型，为他裹了小脚，还给他取了个女孩子的乳名，名叫"七娘"。滇谦六甚至还为儿子娶了个不梳女头、不裹小脚、不打耳洞的女子为妻。

照着这样，滇绵谷果然长大成人，还考中了秀才，并生了两个儿子。滇谦六看着儿孙满堂，就有些疏忽，给孙子取了个男孩的名字。很快，孙子就夭折了。从此以后，滇绵谷但凡生了儿子，也将儿子当作女孩来抚养。

滇绵谷相貌清秀俊美，没有胡须，平时以女性自居，有《绣针词》流传。袁枚的朋友杨潮观与滇绵谷是好朋友，为他的词集作了序，讲述了他的故事。

# 绳拉云

用绳子拉云降雨

山东济宁州有个差役名叫王廷贞，会求雨的法术，喝醉酒后常常坐在刺史的案桌上，自称天师。这样的行为多了，终于惹得刺史大怒，打了他二十大板。过了几年，济宁州大旱，怎么祈雨都没有作用。

整个州府的乡绅们都认为王廷贞有些本事，刺史不得已将王廷贞召了过来，请他祈雨。很久之后，王廷贞才答应。王廷贞让刺史关闭城南的门、打开城北的门，又选了八个属相是龙的小孩儿供他差遣，命令他们搓了一条五十二丈长的绳子。

王廷贞和童子们斋戒了三天，然后开坛诵咒。到了辰时，东边果然有云出现了，这些云重重叠叠如同铺着的锦缎。王廷贞将绳子向空中扔去，天上似乎有人在拉着绳子一般，绳子也不掉落下来。等到五十二丈长的绳子全都伸向天空后，王廷贞命令八个童子："快拉绳子！快拉！"

八个童子竭尽全力，绳子似乎有千钧之重。云如果飘向了西边，童子们就把它拉回东边；云如果飘向南边，童子们就将它拉到北边。过了一会儿，大雨从天而降，地面的水积了一尺深。这时王廷贞牵着绳子走下圣坛，他下来的过程中总有雷劈向他，他就用羽毛扇遮拦，过了一会儿雷声渐渐远去。

后来，隔壁的州县发生了旱灾，都会来请王廷贞去降雨。王

　　廷贞不收钱财，只要酒喝，他说："我如果收了一点儿钱财，法术就不会灵了。"

　　王廷贞每求一次雨，家中的亲人必定会有所损伤，所以他也不愿意总做求雨的事情。

# 卖冬瓜人

　　杭州草桥门外有个卖冬瓜的人，有元神出窍的本事，他的元神都是从头顶飘出。他常常闭着眼睛坐在床上，让自己的元神在外应酬。这天，他元神出窍去买了几片鱼鲞（剖开晾干的鱼），拜托邻居带回来交给他的妻子。

　　妻子接过鱼鲞，笑着对丈夫的肉身说道："你又开玩笑了吗？"说着，用鱼鲞拍了拍丈夫的头。过了一会儿，卖瓜人的元神回来，发现自己的头顶被鱼鲞污染了，不能回到身体中，在床边彷徨不已。最后元神大哭离去，卖瓜人的尸体也渐渐僵硬了。

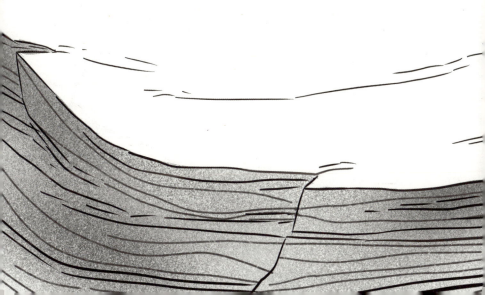

## 拘忌

### 李侍郎多禁忌

有一个李侍郎，生性拘束，有很多禁忌，每次听到有人谈论"死"字或者"丧"字，就会马上吐唾沫，认为这样可以消除晦气。如果在路上遇到有人出殡，他就会马上赶往亲友家，脱下衣服帽子反复摔打，认为这样就可以将晦气留在别人家中，自己就会安然无恙。

薛生白大夫曾经去李侍郎家中替他看病，薛大夫清晨就到了李家，但等到日中的时候李侍郎才出来。李侍郎出来是背朝外面，由两个儿子搀扶着倒退行走。坐下后，薛大夫为李侍郎诊脉，李侍郎一直背对着他回答病情，始终没有转过头直面。薛大夫很惊讶，以为李侍郎面貌上有损伤，所以不敢面见大夫。

　　薛大夫向李家人打听，他们说道："主人面貌丰满无损，也没有什么恶疾。之所以一直背对着你，是因为那天喜神在东方，所以不肯背对着喜神出来；又因为那天辰时和巳时都不吉利，所以才拖到午时出来。"

# 产公

## 男人坐月子

广西太平府的风俗，和其他地方有些不一样。这里的妇女，在生育后的第三天，就去溪水中洗澡，算是产期结束。反而她们的丈夫，会裹着被子、怀抱婴儿，开始在床上坐月子。丈夫的饮食休息，都由妻子来服侍。

如果服侍得不够周到的话，丈夫就会和产妇一样，落下很多产后的病症。反而是刚结束了生育的妻子，没有这样的烦恼。当地人把这些像妇人一样坐月子的男人，叫作"产公"。

这种风俗，是巡抚查俭堂告诉我的。

# 白莲教

## 白莲教生剖孕妇

东山有个姓许的老头，世代居住在桑湖旁边。他儿子新娶了一个媳妇，媳妇的陪嫁颇为丰厚，有一个叫杨三的小偷听说这笔嫁妆之后非常羡慕。

过了一年多，许翁送儿子入京，此时新妇有孕，没有跟随上京，家中只有两个婢女陪伴。杨三认为这正是时机，找了个晚上潜入妇人房中，藏在暗处窥探。

三更天以后，杨三看见灯光下有一个人，这人眼睛是凹进去的，满脸络腮胡子。他背着一个黄色的口袋从窗口爬进屋中。杨三心想，自己同道中并没有这么一个人，便屏住呼吸，继续偷看。

只见这人从袖子中拿出一支香，在灯上点燃，将香放在两个婢女睡觉的地方。接着，这人又对着孕妇睡觉的地方喃喃念咒。过了一会儿，孕妇忽然跃起，光着身子对这人下跪。这人打开口袋取出一把小刀，直接剖开了孕妇的肚子，将胎儿取出。他将胎儿放在一个瓷罐之中，然后离开。这时，孕妇的尸体轰然倒地。

杨三大惊失色，出门后紧紧跟着那人，到了村口的一家旅店。杨三一把抱住这人，高声大叫："店主快来，我捉住了一个妖贼！"左邻右舍纷纷聚集过来，打开妖贼口袋一看，小儿的胎血尚在滴落。众人大怒，拿起锄头、铁锹就向这人打去，男人哈哈大笑，不以为意，众人的攻击竟然一点儿都伤害不到他。

这时有人取来粪，浇了他一身，他这才不敢动弹。天亮后，众人将妖贼扭送到官府。官府用刑审讯，这人招供道："我是白莲教教徒，我有很多同伙。"官府这才知道湖北、湖南一带孕妇被杀案，凶手都是这伙人。审问清楚后，这人被凌迟处死。杨三捉住妖贼有功，官府还赏了他五十两银子。

# 夺舍法

## 僧人夺舍死马

这个故事是庄恰圃讲述的：

庄恰圃在前往西部边疆的途中，在一座庙旁休息。庙旁有一匹死马，风起的时候会将它的腥秽之气吹过来，恶臭难忍。庄恰圃想躲开这股味道，但实在是太累了不想再动。

这时，一个老和尚带着一个少年走了过来，也在庙旁休息。少年人对老和尚说道："徒弟，你快去把那死马弄走。"少年人说完，老和尚就闭上眼睛不再出声。很久之后，庙旁的死马忽然有了动静，随后它一跃而起，朝着下风向走了二里路，然后倒在路边。这时，老和尚睁开眼睛对少年人说道："已经让死马离开了。"

老和尚用的是夺舍法。传说中，夺舍法分为夺生和夺死。夺生是调换他者的魂，夺死需要修炼魄。据说西藏的红衣喇嘛都知道这种法术，《楞严经》中将这种法术称为"投灰"。

# 藏魂坛

## 恶棍藏魂复活

云南、贵州一带，妖符邪术最为盛行。贵州按察使费元龙前往云南，家奴张某与他同行。张某正骑在马上，忽然大叫一声，从马上摔了下来，折断了左腿。费元龙知道，这件事一定是妖人所为，于是张贴告示："谁能治好张某的左腿，会有赏赐。"

没多久，有个老人前来招认道："这件事情是我干的。张某在省里时，仗着主人的势力，作威作福太过分，所以我故意戏弄于他。"

张某听了这话，对着老人苦苦哀求。老人解开荷包，从里面取出一条腿，这腿只有蛤蟆腿大小。老人对着腿呵了一口气，念起符咒，将小腿向着张某扔了过去。顿时，张某的双腿就恢复了。费元龙也没为难老人，老人领了赏钱就离开了。

有人问费元龙，为何不用刑罚的威势来惩罚这些妖人，费元龙说道：

"普通的刑罚对这些妖人是没有用的。我在贵州时，知道有一个恶棍，犯下的案子堆积如山，官府用棍棒将他打死，将他的尸首投进河里。可是，三天后这人就复活了，第五天继续作恶。接连几次都是这样。当地官府只能将这件事情报告给巡抚，巡抚听闻后很愤怒，请了王命将这恶棍斩首，并将他的身体与头分别放两个地方。三天后恶棍竟然又活过来了，他看起来一切正常，

只是脖子隐约可见一丝红痕。恶棍和往常一样行凶作恶，甚至还殴打自己的母亲。他母亲来官府告他，手中捧着一只坛罐，说道：'这是我那逆子的藏魂坛。逆子自知罪大恶极，所以在家预先将自己的灵魂捉了出来，藏在坛内。所以官府刑罚对他都没有作用，因为伤害到的只是他的血肉之躯，不是他的灵魂。他的灵魂修炼过很久，能够治愈受伤的身体，只需要三天就可以恢复正常。我那逆子恶贯满盈，现在竟然还殴打我，我实在不能忍受他了。我请求官府毁掉这个坛子，用风轮扇散他的灵魂，再对他身体用刑。这样，这逆子差不多就能真死掉了。'官府按照老妇人说的话做了，对恶棍处以杖刑。十天后，官府去查看他的尸身，发现已经腐烂发臭了。"

# 飞天夜叉

## 飞天夜叉化成女子

纪晓岚先生在乌鲁木齐时，把总蔡良栋曾对他讲过一个故事：

这里刚被平定时，蔡良栋曾到南山深处巡视。当时太阳快要下山，他看到前方山洞有人影，怀疑有盗贼藏在草丛之中。蔡良栋暗中侦察，看见一人身穿戎装，坐在一块石头上，周围有很多士兵。这些人面貌都很狰狞。

因为离这些人有距离，蔡良栋听不清他们在说什么。只看到石头上的人派了士兵到了石洞前，接着石洞里出来了六个美貌女子。这些女子身上穿着彩衣，手被绑在背后，全都恐惧地跪在地上。小兵将六个女子带到首领面前，用鞭子抽打她们，顿时一片哭号，声音凄惨响彻山谷。

鞭打完后，石头上的人就离开了。六个女子浑身颤抖地恭送他离开，等他身影消失后又哭着回到了石洞之中。蔡良栋离前方只有一箭射出的距离，但是前方是悬崖深涧，他也不敢过去。蔡良栋让擅长射箭的人往对面射了一箭，插在树上作为标记。

第二天，蔡良栋绕了数十里的路终于找到这个地方，此时洞口已经关闭。蔡良栋举着火把进入洞中，洞中蜿蜒曲折，大概有四丈深，里面也没有女子的踪迹。

蔡良栋不知道昨天遇到的到底是何方神鬼，被鞭打的女子又是什么身份。有人对他说："这些女子都是飞天夜叉所化。"

# 绿毛怪

## 绿毛怪庙中作祟

乾隆六年（1741年），湖州人董畅庵在山西芮城县做幕僚。县城里有一座古庙，供奉着关、张、刘三神像，庙门成年累月地用铁锁锁着，每逢春秋二季祭神时才开门。传说，这座庙里有怪物，连供奉香火的和尚都不敢住在庙里。

这天，来了一个陕西的商人，他带着一千多只羊，天晚了找不到地方休息，就想暂时住宿在庙中。负责管理钥匙的人打开了铁锁，和他说了寺庙中有怪物的事情。这商人仗着自己有些力气，说道："没有关系。"

商人进了庙门，将羊群散在走廊下方，自己拿着羊鞭，点着蜡烛睡觉。商人心中还是有些害怕，直到三更天还没有睡着。

忽然，神座下面轰的一声，跃出一个怪物。就着烛光，商人看清了怪物的样子：它身长七八尺，头脸都是人的样子，眼睛深黑发光，有胡桃一样大，脖子下面全被绿毛盖住，如同穿着一件蓑衣。这怪物一边看一边嗅，双手犹如利爪，向商人抓去。商人拿起羊鞭还击，这怪物却像感觉不到疼痛，一把将羊鞭夺了过去，放入口中，羊鞭顿时像布片一样被撕碎了。

商人十分害怕，急忙跑出庙门，怪物在后面紧追不舍。商人看到前方有一棵古树，急忙爬到树顶。怪物在树下一直盯着他，却没有办法上去。

很久之后，天色亮了，路上有了行人来往。商人下了树找寻怪物，怪物此时无影无踪。商人将夜里发生的事情告诉众人，众人去了寺庙检查神座。神座并没有什么奇异的地方，只有一角的石缝中有黑气冒出。众人不敢挪动神座，将这件事情上报给了官府。

　　芮城县县令佟公命人挪开了神座，向下挖掘。挖了数丈深，发现下面有一具棺材。棺材中有一具尸体，衣服都已经腐坏，尸体全身都长满了绿毛，和商人见到的一模一样。

　　众人堆上木柴，将尸体焚烧。焚烧的时候，尸体一直发出"啧啧"的声音，血流满地，骨头轰鸣作响。从此以后，这座庙里再没有怪事发生了。

# 鬼买缺

## 预定阴间职位

—　山阴县的户书（官名）徐某生病了，恍惚中看到了自己死去的哥哥，哥哥对他说道："我已经为你在阴间买了一个职缺，你死后仍然可以在阴间当书吏，不会受什么苦。"

过了一会儿，已经过世的一个姓祝的差役也来了，他对徐某说道："你可以不用死，但是你要给我许多钱财，我能给你打通生死的关节。"徐某答应了。

祝某走后，徐某的哥哥又来了，他说道："那个姓祝的是想给自己买职缺，还能赚你的钱。你的寿数是有定数的，求不死也没有好处，反而会白白丢掉在阴间的职位。"徐某说道："现在该怎么办呢？我已经答应祝某了。"

徐某哥哥说道："冥界的机构和人间差不多，这个职缺还要过些年月才能生效，现在不过是在预定。姓祝的那里还能周旋一下，为时不晚。"徐某问道："那该去哪里找姓祝的？"哥哥说道："我自有办法。"

　　第二天，徐某的哥哥和祝某一同前来，在一起商量买阴职缺的事情。两个鬼都在争职缺的先后，忽然又来了一个鬼，为他们调解纠纷。这鬼说道，要不然等徐某五年任期满了之后，再让祝某候补。祝某也同意了，但不久之后祝某又回来了，对徐某说道："我实在是等不及了，我要再想想别的办法。"后来，徐某的病渐渐好了。

　　这是乾隆五十六年（1791 年）的事情，现在徐某仍好好地活在人间。

# 道士作祟自毙

杭州人赵清尧喜欢下棋，一听到棋子落下的声音，就忍不住要和别人对弈。

偶然间，赵清尧在二圣庵游玩，看见一个相貌丑陋的道士。道士正和人下棋；棋艺非常拙劣，却没有自知之明，夸赞自己为"炼师"。赵清尧对道士很鄙视，和他交谈几句后，直接就走了。

当天晚上，赵清尧上船睡觉，忽然有两团鬼火围着他。赵清尧不动声色。过了一会儿，又有两个青面獠牙的鬼拿着刀掀开了床帐，赵清尧厉声呵斥，两鬼很快就消失了。

第二天晚上，赵清尧的床发出了啾啾声，如同小孩子在学说话。一开始说得还不分明，渐渐地就能听清了。这床说道："我棋艺不好自称'炼师'，关你什么事，凭什么轻慢我？"

赵清尧这才明白，这两晚的异象都是道士在作祟，更不害怕了。过了一会儿，又听到床低声说道："你胆子很大，不怕刀剑，等下我用勾魂法来取你性命。"

于是，一阵咒声响起："天灵灵，地灵灵，当门顶心下一阵。"赵清尧听到咒语后，顿觉全身的肉都在颤动，如同发抖，他强行克制住自己的情绪，一动不动，又用双手塞住自己的耳朵。可是，他一躺下，咒语声就会从枕头中响起。

赵清尧忍受了一个多月的折磨。这天，忽然见到道士哭泣着跪在他的床前，道士说道："我一念之差，施展法术来恐吓你，只是希望你感到害怕，可以从你手中赚些钱财。没有想到你心志坚定，法术对你没有效果，我现在后悔不及。我施展的法术如果没有生效，反而会殃及自身，我昨天已经死了，现在魂魄没有地方可以去，愿意供你驱使，做你家里的樟柳神，以赎我之前的罪过。"

赵清尧没有回答。

第二天，赵清尧派人去二圣庵打探道人的情况，得知道士前一天自刎了。从这以后，赵清尧能提前一天预知第二天的事情，有人说这是道士在为他当差，所以他有这样的本事。

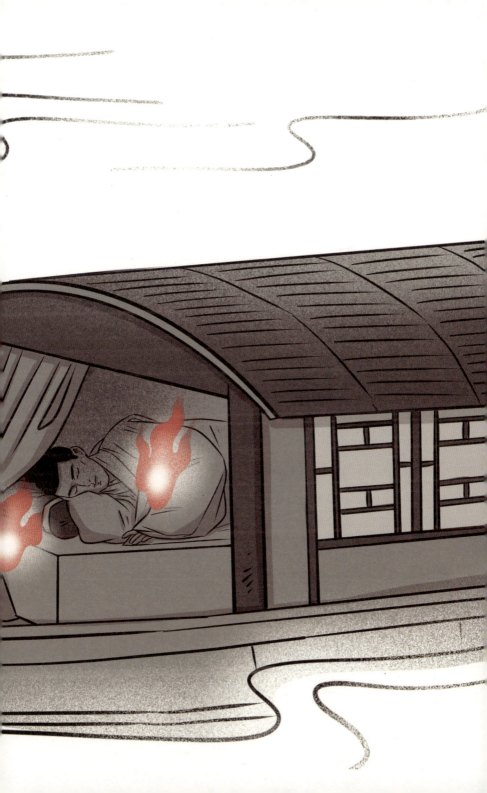

# 紫姑神

仙女转世成人

长沙人尤琛，少年俊秀风姿卓然，偶然间路过湘西一座荒野古庙。庙中有一座紫姑神的像，容貌非常美丽，尤琛看了后非常喜欢，情不自禁地伸出双手去抚摸紫姑的面庞，还在墙上写了一首赞美紫姑美貌的诗。

当天夜里三更时分，尤琛听到有人敲门。尤琛问门外是谁，门外回答道："我是紫姑神，本来是上界仙女，因为犯了错误被贬谪到了人间，专门管理人间的情爱之事。承蒙郎君喜爱，特意前来相见。如果郎君不因为鬼神的事情疑心的话，我愿意与郎君同床共枕。"

尤琛听了这话一阵狂喜，牵着紫姑的手走进了房间，二人自此结为夫妇。紫姑每天晚上都会前来，但其他人都看不到她。

这天，紫姑拿了一样东西给尤琛，说道："这东西名叫'紫丝囊'，是我朝见玉帝的时候织女赐给我的，佩戴上它可以提高人的文思才学。"

尤琛佩戴上紫丝囊后，学问大大进步，先是考进了县学，后来又中举成为了进士。尤琛被任命为四川成都知县，紫姑随他一起前去上任，紫姑帮助尤琛管理政事，除灭奸人，一时间尤琛口碑很好，大家都称他为神明。

一天，紫姑忽然对尤琛说道："我准备了酒宴，今天就要与

郎君告别了。我贬谪人间的期限已经满了，虽然可以返回天界再做神仙，但因为私奔的缘故，我也没有颜面再回到仙界。地府因为我是上界仙人，也不肯将我收留在鬼册上。我想着我这样飘荡在人间也不是办法，虽然将终身都托付给了郎君，但我没有形体，也不能生儿育女。昨天，我已经将我的情况告知了泰山神君，神君答应将我收置在他的神册上，按照惯例我马上就要投胎转世了。十五年后，我们二人可以再续前缘，永远在一起，不知郎君你愿不愿意不娶妻，等待重逢。"

说完，尤琛连连点头答应，满脸泪水。紫姑也很伤心，哭泣着离开了。

紫姑走后，尤琛做官不再像以前一样圣明，甚至因为犯错被革职。有人想给尤琛做媒，他断然拒绝，直到四十岁都还是孤身一人。

就这样十五年过去了。尤琛的老师某学士看尤琛孤家寡人，心中同情，就想为他提亲。尤琛还是拒绝了，并将其中的缘故告诉了老师。

学士听了之后大吃一惊，说道："按你所说，这紫姑的转世就是我堂兄的女儿！她今年十五岁，还不会说话，但会写字。每次一有人到家中提亲，她都会在纸上写'待尤郎'三个字。她所等待的人，难道就是你吗？"

于是，学士带着尤琛去了堂兄家中，请堂兄女儿出来隔着帘子相见。这女孩见了尤琛后写字问道："紫丝囊还在吗？"尤琛解下紫丝囊交给女孩检验，女孩见了之后连连点头。

二人挑选了一个良辰吉日成婚，成婚当晚，紫姑忽然仰天一笑，之后就会说话了，但是紫姑忘记了前世的事情。从此，二人就如同普通夫妻一样在一起了。

# 驱云使者

## 把总误烧仙人

　　宣化的把总张仁，奉命缉拿私盐贩子，路过一座古庙。张仁准备投宿古庙，庙中僧人不肯答应，说道："这里面有妖怪。"张仁仗着自己一身勇武，径直进了庙中，在里面铺床设帐，将蜡烛吹灭躺在床上呼呼大睡。

　　到了夜里二更，庙中的灯火忽然全部亮了起来，张仁起身怒喝。忽然，灯光向外面移去，张仁一路追了过去，只见前方有万盏神灯，飘到一棵松树下就熄灭了。

　　第二天一大早，张仁就去松树下查看，发现下方有一个大石洞。张仁叫来附近的百姓挖掘，挖出了一条很大的锦绣被子，被子中裹着一具尸体。这尸体口吐白烟，三只眼睛，四条手臂，似僵非僵。张仁猜想，这尸体一定是妖怪，就下令堆上木柴，将尸体烧掉了。

　　过了三天，当时还是白天，张仁在家中闲坐，忽然一个穿着华服的俊秀少年走了进来，对他说道：

　　"我是天上的驱云使者，因为违背玉帝的命令，被贬谪到了凡间，藏在石洞之中。受罚期限满了之后，我依旧可以回到天界。前晚我出游，没有隐藏好自己，暴露出了一些神异，这是我自己的错误。但是你却命人烧了我的身体，也太过狠心。我现在没有了身体，无处可去，只能先附身到王子晋（仙人名）家仆人身上，

来找你说明道理，拿回我的身体。你赶快去找一个道士来，让他诵念四十九天的《灵飞经》，这样我的身体还能在灰烬中重新凝聚。你本来可以做官做到一品提督，因为这件事情，玉帝撤销了你本来的官职。你这一生都只能做把总了。"

张仁连连答应，按照少年的吩咐去做。后来，张仁果然到死都是把总的官职。

# 白骨精

### 白骨精月夜作祟

处州这个地方多山，丽水县位于仙都峰南面，当地人耕种土地，经常会开垦至山腰。山中多鬼怪，人们都是早上出门，夜间不敢出去。当时已经是深秋，有个姓李的人下乡割麦子，独自住在乡下的房子中。当地人担心他害怕，就没有告诉他实话，只是叮嘱他天黑之后千万不要出去。

一天晚上，月色很好，李某独自在半山散步，忽然见到一个白色的东西跳动着过来，它跳动的时候会发出清脆的声音，看上去非常怪异。李某赶紧回到住的地方，这时这个白色的怪物已经追了过来，幸亏这所房子有半截栅栏，需要推动才能进入，怪物就被挡在了栅栏外面。

李某进了栅栏后，胆子渐渐大了，趁着月色明亮，从栅栏缝隙里看去，只见一具骷髅正在对着栅栏又咬又撞，浑身散发着难闻的腥臭之气。过了一会儿，一声鸡鸣响起，怪物立即倒在了地上，一堆白骨散落在地。

等到天色大亮，这堆白骨也消失不见了。李某向当地人说了这件事，当地人说道："幸亏你遇见的是白骨精，如果遇到的是白发老妇人，她会假装自己是开店的，请你抽烟。如果你抽了她给的烟，绝对活不了。月白风清的夜晚，白发老妇人会出来作祟，只有用扫帚可以击倒她。但是我们也不知道她到底是什么怪物。"

# 项王显灵

无锡人张宏九，前往芜湖贩布。路过乌江时，天上刮起一阵暴风，船撞到礁石上破了一个洞，江水灌进船舱。船家大声哭喊，求项王救命。忽然，一道恰似布匹形状的银光破空而来，然后斜塞到了船底，江水当即就没有再涌入，船上的人也得以上岸。

第二天早晨，人们察看船只，发现舱底有一个大窟窿，一条大白鱼横着身子，恰好堵在窟窿处，这才让江水进不了船舱。随后，船家举橹摇船，悠悠然地将船划走了。

从此以后，项王的香火比以前更加旺盛了。这是发生在乾隆四十年（1775 年）的事情。

# 空心鬼

## 空心鬼害人

　　杭州人周豹先，家住东青巷。他家大厅里，每天夜里都站着一个人。这人身穿红袍、头戴乌纱，脸型方正，留着很长的胡子。在他旁边有两个侍者，长得猥琐丑陋，穿着青色的衣服，供红衣人差遣。红衣人从胸口到腹部都是空心的，如同水晶般透明。从他的胸腹看过去，还能看到墙上挂的画。

　　周豹先的儿子十四岁，卧病在床。这天，他听到红衣人对侍从说道："该如何谋害这个人？"青衣人说道："明天他会服用卢浩亭大夫所开的药，到时候我们就变成药渣潜伏在碗中，这孩子一旦把我们吞下，我们就可以抽掉他的肺和肠。"

　　第二天，卢浩亭前来诊脉，结束后为周公子开了药方。周公子怎么都不肯服用汤药。

　　周公子将自己听到的话告诉了家人，家人买了一幅钟馗的画像挂在墙上。青衣鬼笑着说道："这个钟馗是个近视眼，双目昏昏然，人和鬼都分不清楚，有什么好怕的！"原来，画这幅画的人开了个玩笑，画的是小鬼正在替钟馗掏耳朵。钟馗忍着痒意，微微地眯起了眼睛。

过了一个多月，青衣鬼又说话了："这家人气运还没有衰败，我们在这里闹也没用，不如重新找个地方。"红衣人说道："这样的话，我们不是白来一趟吗？如果开了这个先例，以后哪还有血食享用？"说完，红衣人掐着指头说道："今年是猪年，不如找个属猪的人替代一下。"

　　没几天，周家有个属猪的仆人死了。与此同时，周家公子的病却好了。周家人至今仍称呼那个胸腹透明的鬼为"空心鬼"。

# 画工画僵尸

杭州人刘以贤,善于画肖像。他隔壁住着父子二人。父亲死了,儿子外出买棺材,出门前嘱咐邻居,请邻居代他去请刘以贤来为父亲画遗像。刘以贤来到他家,进屋后发现空无一人。刘以贤心想,死者一定在楼上,于是轻轻地上楼,走到死者床前。

刘以贤坐下来,取出笔正准备画像。这时,死尸猛然跃起。刘以贤知道这是所谓的"走尸",便坐在那里一动不动。死尸也不动,只是闭着双眼,嘴巴微微张开。

刘以贤想,如果自己现在离开,死尸一定会跟着,还不如趁机把画像画了。于是拿起画笔,照着死尸的样子描摹起来。刘以贤手臂、手指每动一下,死尸也模仿他的动作跟着动。

刘以贤大声呼喊,一直没有人答应。后来,死者的儿子回家,来到楼上看见他父亲的尸体站起,吓得当场晕倒。

后来,又来了一位邻居,他一见死尸站起,吓得滚到了楼下。刘以贤又急又无奈,只能强忍着。

过了一会儿,抬棺材的人到了。刘以贤想起来,死尸畏惧扫帚,于是大声叫道:"楼下的人快拿扫帚来!"抬棺材的人听到声音,便知楼上肯定发生了"走尸",于是拿起扫帚就上楼,拿着扫帚对着死尸一扫,尸体立即就倒下了。

接着,抬棺人用姜汤灌醒了倒在地上的人,把死尸收殓进了棺材。

# 移观音像

## 棺中红衣妇人

　　山西泽州的北门外，有一座寺庙，庙里供着一尊观音像。观音像座底的石缝中，经常有黄蜂飞出，多达数万只，纷纷扬扬一大片，把阳光都遮住了。

　　当地百姓打算将这观音像移走，便找到黄蜂的巢穴，用烟火去熏蜂。没想到挖掘的时候竟然挖出了一口红色的棺材，这棺材有底板但是没有面板。棺材中的妇人突然站起身，红袖一挥，脖子上出现了两根带子，往某处走去。

　　众人面面相觑，想看妇人到底要去哪里。妇人的红裙上绣满了蝴蝶，这些蝴蝶飘然飞起，飞到了街上李姓人家中，然后消失不见。

　　李家人刚娶了新媳妇，众人将这件事告诉了他。李家人认为这些人在胡言乱语，大骂众人虚妄荒诞。没过三天，这家的新媳妇就上吊死了。

# 捉鬼

## 汪启明捉鬼

婺源人汪启明，搬到上河一间进士住过的房子里，这房子是他同族进士汪波的旧宅。

乾隆三十九年（1774年）四月一日的夜里，汪启明被梦魇住了，很久才清醒过来。他一醒来，就看见一个鬼紧挨着床帐站着，鬼的个子与房屋齐平。

汪启明素来勇敢，猛地从床上跃起，和鬼搏斗起来。鬼夺门而逃，却不小心撞到墙上，狼狈不堪。汪启明追了上去，一把抱住鬼的腰。忽然，刮起一阵阴风，将残留的灯火扑灭了。汪启明看不清鬼的面目，只能感觉到鬼手冰冷，腰粗得如同大瓮。汪启明心里想喊家人过来，但嘴好像被堵住了，发不出声音。

很久之后，汪启明能发出声音了，大声叫喊，全家上下闻声都赶了过来。这时，鬼的形貌缩小成一个婴儿。家人拿着灯来照看，发现汪启明手中握着一团破烂的丝绵。忽然，窗外瓦砾纷纷坠落，密如雨下。汪家人感到十分恐惧，都劝汪启明把鬼放了。

汪启明笑着说道："这鬼的同党在外面虚张声势，帮助它作祟。如果把这鬼放了，它肯定还会作祟，不如我杀一个鬼来惩治一番！"

说完，汪启明左手握着鬼，右手拿了家人的火炬，将丝绵烧了。丝绵被烧发出声音，鲜血迸射，臭不可闻。

等到天亮，周围邻居围在一起，闻到这股味道，没一个不捂住鼻子的。只见地上凝结的血块有一寸厚，腥腻如同胶泥。到最后，谁也说不清这是什么鬼。

王尉亭舍人特意写了首《捉鬼行》，记载此事。

# 雷祖

## 狗发现蛋中婴儿

从前，有个姓陈的猎人。他养了一条狗，这狗有九只耳朵。如果狗的一只耳朵抖动的话，猎人就会猎到一只野兽；两只耳朵抖动的话，猎人就能猎到两只野兽；如果狗耳朵没有动的话，猎人就一无所获。这个判断方法一直很灵验。

一天，狗的九只耳朵忽然一齐抖动起来。陈某大喜，认为今天必定大有收获，急忙进山打猎。可是从早上到中午，陈某一只野兽也没猎到。

陈某正觉得失望，狗忽然跑到山坳中大叫起来。狗用爪子扒地，不停地摇头示意猎人过去。陈某疑惑地挖开地面，结果被他挖出了一个斗大的蛋。陈某将蛋带回去放在桌子上。

第二天，雷雨大作，闪电绕室。陈某疑心这颗蛋异常，就将蛋放在庭院之中。忽然霹雳一声，蛋被劈开了，蛋中出现了一个小婴儿，眉目如画。

陈某大喜，将婴儿抱回去当作儿子抚养长大。婴儿长大后考中进士，后来成为了当地的太守。他聪明能干，政绩很好。到了五十七岁，太守腋下忽然生出翅膀，腾空而去，成为了仙人。

雷州人至今都在祭祀他，称呼他为"雷祖"。

子不语 卷二

虫鱼异兽类

# 狐生员劝人修仙

大将军赵良的儿子，谥号是襄敏公，官至保定总督。

一天夜里，襄敏公正在西楼读书，门户都已关闭。忽然，窗缝中挤入了一道扁扁的东西。这东西一进入楼中，就用手搓了搓自己的手和脚，很快它整个身子都饱满了起来，变成了人的模样。

它戴着方巾，穿着皂靴，对襄敏公作揖道："我是一个狐仙秀才，在这里已经居住百年了，承蒙在此居住的诸位大人宽厚，一直允许我在此地。现在您来到西楼读书，我一个卑微的秀才，不敢违抗天子大臣的意愿，特意来向您请示。如果您要在此地读书的话，在下一定迁移避让，只是恳请您能够宽限三天时间。如果您怜悯我，准许我继续居住此地的话，还请您像往日一样锁好门户。"

襄敏公听了这话很是吃惊，笑着说道："你一个狐狸，怎么会是秀才呢？"狐仙说道："太山娘娘每年会对我们这些狐狸进行一次考试，那些通晓文理的狐狸会被录取为生员，那些成绩差的狐狸会被列为野狐。被录为生员的狐狸有资格修仙，野狐则不允许。"

狐仙又说道："像您这样的贵人，不学修仙真是太可惜了。像我们这样的狐狸修仙最为困难，我们要先学习化作人形，再学人说话。要学人说话，我们得先去学习鸟语；要学会鸟语，就必

须要学会四海九州内所有鸟类的语言。这样我们才能学会人话，化为人形。这番功夫就要花费整整五百年。人如果修仙的话，比起我们异类要省下五百年的苦功。像您这样的贵人、文人，如果学习修仙的话，又能省下三百年的功夫。一般来说，修炼成仙要花费一千年左右的时间，这是不可更改的道理。"

襄敏公听了狐仙的话很高兴，第二天就将西楼上了锁，让给了狐仙。后来，襄敏公将这个故事讲给了自己的子孙，他的儿子说："我父亲很后悔当初没有问狐仙，太山娘娘考狐狸时出的考题是什么。"

# 狗熊写字

虎丘有一个乞丐养了一只大狗熊。这狗熊和川马（产于四川的一种马）一样高大，身上毛发如同箭一样竖起，它还会写字吟诗，但并不会说人话。

前去观看狗熊，需要一文钱作为费用，一文钱可以观看一次。如果拿了纸去请狗熊写字，狗熊会挥笔写下一首诗，酬金一百文钱。

这天乞丐外出，狗熊独自在家，恰巧有人拿着纸去请狗熊写字。狗熊写道："我本来是长沙乡间的教书先生，名叫金汝利，年少时被这个乞丐和他的同伙捉走，用哑药将我毒哑。这些人在家养了一只狗熊，他们把我的衣服脱掉，用针将我全身刺得鲜血淋漓，趁着血还热就把狗熊杀掉，用狗熊皮盖在我身上。我的血和狗熊的血粘在一起，久而久之就融为一体，不能脱落。他们用铁链将我锁起来，驱使我骗人，如今已经赚取了几万钱了。"

写完这些后，狗熊指着自己，泪如雨下。旁边围观的人都很吃惊，将乞丐捉到官府。官府依照律法将乞丐处死，又将狗熊护送到了长沙，交给了他的亲族。

京城中有一个官员强奸仆妇，被仆妇咬掉了舌尖。有医生来为这个官员诊治，叫人杀了条狗取了狗的舌头，趁着血还热将狗舌接在人舌上，并告诫这官员一百天内不得出门。后来，官员果然恢复如初。

　　元朝的时候，有一个将军在战场上受了重伤，马上就要血尽而亡。太医为他诊治，吩咐人杀了一匹马，将马腹掏空，把将军放置在马腹之中，又命十个人一起摇动马尸。过了一顿饭的时间，将军浑身是血地站了起来。

　　这两件事和人变成狗熊，是一个道理。

# 人化鼠行窃

有一个姓王的官员，到长沙领取饷银。长沙的县令陈公为他准备好了住宿的公馆，将饷银放在房中。

一天夜里，王公刚刚躺下，就感到气息上涌不能入睡，在床上翻来覆去，直到三更。忽然，房梁上传来了一阵啃噬木头的声音，王公掀开帐子一看，只见屋顶的木板有碗大一个洞，一个东西从洞里掉了下来。王公走近一看，发现是一只老鼠。

这只老鼠大概有二尺长，和人一样直立行走。王公很害怕，在枕边到处摸索，想找到武器攻击老鼠，仓促之间找不到合适的物品，王公就用枕头旁边的印匣子向老鼠用力砸去。

匣子破碎在地，印从匣子中飞出，击中老鼠。老鼠立即倒在地上，身上的鼠皮骤然脱下，竟是一个裸体的人。

王公大为吃惊，急忙高声呼喊，附近的差役小吏都赶了过来，不一会儿陈县令也到了。陈县令一看躺在地上的人，发现是平时熟识的一个乡绅，这乡绅家中富有，不知道为什么竟然来到公馆行窃。

陈县令命人将乡绅抓捕起来，乡绅浑身颤抖，回答不出所以然。王公当即就在公馆中开设公堂，准备对乡绅用刑。乡绅心中害怕，这才招供。

乡绅说自己幼年时期家中十分贫困，难以生存。这天他准备

投河自尽，正巧遇到了一个人，这人问他为何如此，他如实相告。这人就劝解乡绅不要自尽，还说自己有办法让乡绅丰衣足食。这人将乡绅带到自己家中，拿出一个布袋，让乡绅伸手去掏。

袋中都是一片片卷起来的皮革，重重叠叠。乡绅随手拿了一片皮革出来，正是鼠皮。这人又教了乡绅使用咒语，让他顶着鼠皮向北斗星磕头，之后再念诵咒语，往地上一滚就变成了老鼠。这人给了乡绅一只袋子，他偷来的钱财都可以放在袋子里。这袋子不大，但并不会装满，也不会增加重量。回到家中，再次念诵咒语，鼠皮自然会脱下，再次变成人形。

乡绅将这些年犯下的偷窃案一一招供，总数有几十万之多。

王公问道："你在今天以前，行窃失败过吗？"

乡绅答道："这种术法非常神妙，一般来说并不会失败。但十几年前曾失败过一次，那时我见一个客人身上银两很多，就前去偷窃。正作案时忽然被一只猫捉住了，那猫叼着我的头颅，我急忙念了咒语化成人形准备逃走，没想到那猫竟然也变成了一个人。我被那人捉住，后来才知道这人和我都是在同一个人那里学的法术，不过他的法术比我更加精湛，变化动物并不需要借助皮毛。因为我二人算是同门，他放了我一马，让我以后不要再做这种事。我已经停止行窃十三年了，但我膝下有五个儿子，其中两个已经做了官，一个已经中举，还有两个孩子，我就打算花钱为他们一人捐一个知县。因为家中银子不够，我得知您身上有大量饷银，就故技重施想偷用一半，没想到被官印击中，功亏一篑。"

王公拿起老鼠皮，让乡绅再念咒变回老鼠，但法术却失灵了。王公将乡绅交给陈县令复审，直到案件判决才带着饷银离开。

# 唱歌犬

## 会唱歌的小狗

　　长沙的市集上有两个人牵着一条狗，个头儿比普通的狗要大一些，前腿的脚趾也比普通的狗要长，后腿和熊一般，尾巴非常短小，耳朵和鼻子却和人一样，身上都被狗毛覆盖。

　　这狗能说人话，还会唱各种小曲，它唱的音调都符合节拍。它唱歌的时候，围观的人密密麻麻，争相付钱让狗高歌一曲，喧闹非常。

　　这天，县令荆公在路上遇到这条狗表演，就命令差役将狗带回府中，想让狗给自己的母亲进行表演，还付给那两个人很优厚的赏钱。到了衙门，县令对狗进行询问。县令问它："你到底是人还是狗呢？"狗回答道："我自己也不知道。"

　　县令又询问那两个人平日里的行为，狗回答道："白天我都被牵到街市上，晚上就被牵回去待在木桶中，不清楚他们都在做什么。不过有这么一件事，有一天下雨，这两个人没有出去，给我喂食的时候我看到他们打开了一个箱子，箱子里装了几十个木头人，这些木头人眼睛、手脚都能活动，船板下方还有一个老人，也不知道是死是活。"

　　荆公将这两个人抓来审讯，他们招供道："这狗是用三岁小孩做成的，先用药腐蚀掉他身上的皮肤，再将狗毛烧成灰和药一起敷在身上，等到伤口好了之后，小孩全身就会长出狗毛和尾巴，变成一条狗了。我们用这方法做人狗，十次才有一次成功。如果成了一次，我们就可以靠他赚钱。我们不知道杀害了多少小孩子，才成活了这条狗。"

荆公又问他们那些木人有什么用处，二人说道："我们将小孩拐来后，让他们自己选择一个木人。这些木人有瞎眼的、瘸腿的、断肢的，我们就按他们选择的木人对待他们，让他们上街乞讨，乞讨的钱都进了我们的口袋。"

荆公当即命人去查抄他们的船，在船板下方发现了一副老人的皮，皮中塞满了草。荆公又问二人用老人皮做什么，他们招供道："这是九十岁老人的皮，十分难得。将这人皮晾干后，研磨成粉末撒在人身上，那人的灵魂就会听我们的吩咐。我们也是最近才得到这张人皮，可惜过于湿润，将事情败露了。现在我们只求速死。"

荆公将二人押解到闹市，向人们公布了二人的罪状，将二人处死。那个不幸变成狗的小孩，也因为饥饿而亡。

# 鄱阳湖黑鱼精

## 张天师擒拿黑鱼精

鄱阳湖中有黑鱼精作祟，如果有客船经过，就会刮起一阵黑风，湖水也会卷起数丈，在浪尖上有一条大鱼，嘴巴有石臼那样大，向天喷吐水柱。有一个姓许的人路过鄱阳湖，被黑鱼精害死。

他的儿子许某发誓，一定要杀掉黑鱼精为父亲报仇。许某做了多年生意，家中颇为富裕，于是前往龙虎山，奉上丰厚的礼物请天师出手除妖。当时天师已经垂垂老矣，老天师对许某说道："但凡斩妖除魔，靠的是血气刚纯。我年老将死，已经没有能力去做这件事了，但是我被你的孝心所感动，我会安排我的儿子去除掉黑鱼精。"

没过多久，老天师过世，他的儿子成为了新的天师。一年之后，许某再次前往龙虎山拜请天师。小天师说道："我的父亲确实留下遗命，我不敢忘记。但是这个妖怪，乃是黑鱼精，在鄱阳湖已经修炼了五百年，神通广大。我虽然有符咒法术，但也需要有根气的仙官帮助，才能除掉它。"说完，小天师拿出一块铜镜交给许某，嘱咐道："你拿这块镜子照人，如果遇到一个人有三个影子，就马上告诉我。"

许某按照小天师吩咐，拿着铜镜四处寻找有三个影子的人，找遍了整个江西都没有找到符合要求的人。许某又暗中搜寻了一

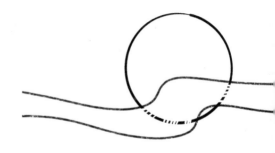

个多月，终于发现一个村子里的杨家小孩有三道影子，他赶紧将这个消息告诉了小天师。

小天师派人去了村中，给了杨小童父母丰厚的礼物，骗杨父杨母说自己听闻了杨小童神童的名声，请他到天师府上去考较学问。杨家家庭贫困，听到这话自然欣然前往。

小天师供养了杨家数日，就带着杨小童前往鄱阳湖，开坛诵咒。这天，天师给杨小童穿上了红色的盛装，在他背后绑上了剑，趁杨小童不注意，将他扔进江中。众人大惊失色，杨小童父母更是大声哭号，向天师索命。天师笑着说道："没有事情的。"

过了一会儿，忽然霹雳一声，杨小童提着一个大黑鱼头站在高浪之上。天师派人将杨小童抱回船上，只见杨小童身上并没有任何水迹，周围十里的湖水都已经被染红了。杨小童回来后，众人争相问他是怎么回事，杨小童说道："我只是和睡着了一样，没有吃任何苦头，但我见到了一个身披金甲的将军将鱼头交给了我，抱着我站在浪尖上。其他的我一概不知。"

从此以后，鄱阳湖再也没有黑鱼精之患。大家都说，这个杨小童就是漕运总督杨恪公。

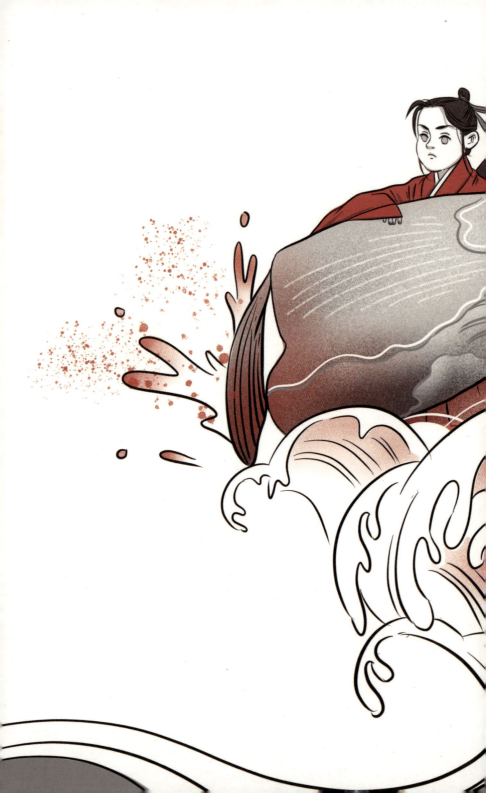

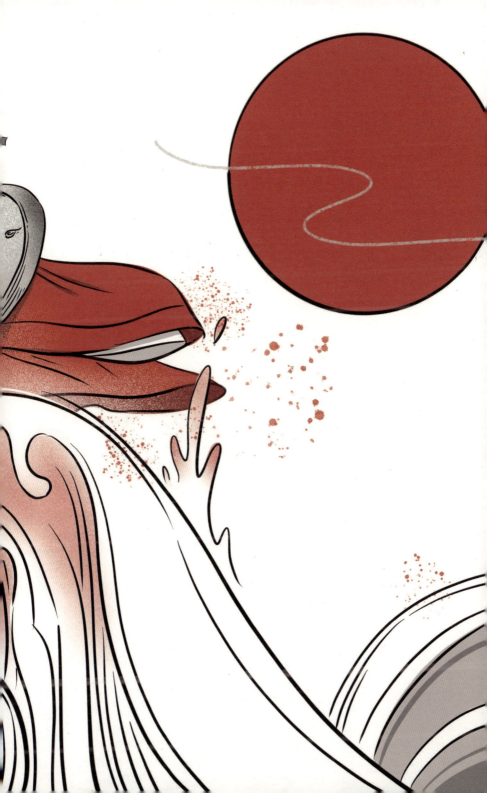

# 蝴蝶怪

## 蝴蝶怪冒名杀人

京师的叶某和易州的王四关系很好。这年七月初七，是王四的六十大寿，叶某骑着驴去给他祝寿。

刚过房山，就已经到傍晚了。这时，一个形貌魁伟的男人骑着马过来，问叶某要去哪里，叶某如实告知，骑马人大喜，说道："王四是我的表兄，我正要去祝寿，不如我俩一起走吧？"叶某听了后也很高兴，二人便一起前行。

路上，叶某发现这男子总是轻轻地走在他的身后，叶某让他前行，他表面上答应了却依然走在叶某身后。叶某怀疑他是强盗，频繁地回头看他。这时天已经黑了，看不清楚人的面貌。忽然，一阵电闪雷鸣，借着闪电叶某看清了这人现在的情形，只见他的头垂在马下，双脚腾空而行。

天雷一个接一个落下，直往男子身上轰击，男子吐出阵阵黑气抵抗天雷，他伸着大约一丈长的舌头，颜色和朱砂一样红。叶某又惊又怕，只能暂时隐忍，急忙赶往王四家中。

王四出来与叶某相见，置办了酒席款待他。叶某悄悄问王四，路上的那个男人和他是什么关系，王四答道："他是我的表亲，居住在京师的绳匠胡同，靠替人炼化银子为生。"

听到王四这么说，叶某稍稍松了口气，怀疑是自己路上眼花看错了。喝完酒后，叶某准备就寝，但心中实在害怕，坚决不肯

与这男人同寝。这男人非要与叶某同寝，叶某无奈之下找了个仆人做伴。夜里，叶某不能入睡，做伴的仆人却倒头就睡着了。

大约三更时分，油灯渐渐熄灭。这男人从床上爬起，伸出长舌，顿时满屋明亮。男人用鼻子在叶某的床上一阵猛嗅，口水横流，然后双手抓住仆人大口吞嚼起来。

叶某向来信奉关帝，急忙高呼："伏魔大帝！你在哪里？"这时，一阵隆隆的钟鼓声响起，关帝手持大刀从梁上降下，直接向着怪物攻去。这怪物化作一只蝴蝶，有车轮大小，张开翅膀迎击。过了一会儿，只听霹雳一声，关帝和蝴蝶都消失了。

叶某昏倒在地，到了第二天中午都没醒过来。王四打开门察看，将叶某救醒。叶某将自己的所见所闻一一告知。房间地上满是鲜血，男子和仆人了无踪迹，男子所骑乘的马还在马厩。

王四急忙派人去京师绳匠胡同去找自己的表亲张某，到了那里，只见张某正在炉边干活，一问之下，才知道他根本没有前去易州祝寿。

# 猎户除狐

狐狸作祟

　　海昌元化镇上，有一富裕人家。他们家中有一幢小楼，楼上有三间卧室。白天的时候，家人都会下楼去料理家务。

　　这天，这家的妇人准备上楼去拿衣服，发现楼上的卧室都锁了起来。因为家中人都在楼下，妇人心中纳闷，究竟是谁在楼上呢？

　　妇人从门板的缝隙里看去，只见一个男人坐在床上。妇人怀疑男人是小偷，急忙把家人都叫了过来。床上的男子大声说道："这本来就该是我的住处，很快我一家人都要搬过来了。借你们的床和桌子用用，剩下的东西全部归还给你。"说完，就将箱子和一些杂物从窗户里扔了出来。

　　过了一会儿，楼上传来了聚会聊天的声音，三间卧室内有老有幼，这些人敲着碗唱道："主人翁，主人翁，千里客来，酒无一盅。"富户一家感到害怕，就为他们准备了酒水食物放在桌上。这桌子腾到空中，等桌上的食物吃完了，桌子才从空中坠下。

　　从此以后，这些来路不明的人就住在了楼上，但也不做什么恶事。富户一家请了道士前来驱邪，富户刚在外面和道士商量完回到家中，就听到楼上的人唱了起来："狗道，狗道，何人敢到？"

　　第二天，道士到了富户家，刚开坛作法，就好像遭到了重物捶打，道士仓皇逃跑，把一切神像法器都撒到了门外。之后，富

户家日夜不得安宁。

于是，富户前往江西请求张天师驱邪，张天师派了手下的一个法官道士过来，这时楼上又唱道："天师，天师，无法可施。法官，法官，来亦枉然。"法官道士来到富户家，感觉到有东西正抓着自己的头一通乱撞，法官的脸上受了伤，衣服也被撕裂。法官感到非常惭愧，说道："这妖怪法力很大，得请谢法官过来才可以。"

谢法官住在长安镇中的一座道观中，富户便去请了谢法官来。谢法官开坛施法，楼上的怪物竟没有像之前一样再次唱歌挑衅，富户见状，心中欢喜。

忽然，一道红光闪过。有一个白胡子老人从空中飞到了楼上，大声说道："不要害怕这个谢道士，我能破掉他的术法！"谢道士坐在厅前诵咒，他将一个钵抛在地上，钵转得飞快，在厅中盘旋，准备飞上楼去。钵数次试图上楼，却都失败了。过了一会儿，楼上摇起了铜铃，琅琅作响，钵当即委顿在地，停止盘旋。谢道士震惊地说道："我的法力已经用完了，还是除不了这个妖怪。"说完就将钵拿起离开了，这时，楼上传来了一阵欢呼声。在这之后，楼上的妖怪变本加厉，无恶不作。

这样的日子过了大半年。这年冬天天降大雪，有十几个猎户来到富户家中借宿。富户告诉猎户，借宿没有问题，但是恐怕打扰惊吓到他们。猎户说道："楼上是狐狸精，但我们是专门猎狐狸的，并不在意。您如果给我们准备酒水，我们一定会回报您。"

富户当即热了酒水，奉上食物，在房中点燃了蜡烛，照得满室生辉。猎户们尽情吃喝，喝得酩酊大醉。这时，猎户们掏出了各自的猎枪，装上火药，对着空中开枪。只见烟尘满天，彻夜震响。等到天亮雪停，猎户们才离开。

富户家担心狐狸们被吓到后，会更加猖狂，可一整天楼上都很安静。几天之后，楼上也没有任何声音传来。富户上楼查看，发现满地都是狐狸毛，窗户全都打开，妖怪们全都搬走了。

# 秃尾龙

## 秃尾龙的降生

　　山东文登县有个姓毕的人的妻子，三月间在池塘边洗衣服，看见树上有个李子有鸡蛋般大。她感到奇怪，认为春天就要过去，不应再有李子，就把李子采下来吃了，味道非常甜美。

　　此后，她肚子大了起来，竟然是怀孕了。十四个月以后，她生下一条小龙，小龙二尺多长，一落地就飞走了。每天清晨，小龙都回来吃母亲的乳汁，但是小龙的父亲很讨厌它，拿着刀一路追赶砍断了小龙的尾巴。从此以后小龙就不再来了。

　　过了几年，小龙的母亲死了，棺材停放在村子里。一天晚上，雷电大作风雨交加，天色晦暗一片看不分明，隐约能看到空中有个东西在盘旋。第二天大家去看，发现毕家妇人的棺材已经下葬，地上一夜之间就有了一座大坟。

又过了几年，小龙的父亲也死了，邻居们就将他们夫妇合葬在一起。当天晚上，再次狂风骤雨雷鸣电闪。第二天，人们发现小龙父亲的棺材被人从墓穴里掀了出来，像是有谁不准他们合葬。以后，村里人就把妇人的坟墓叫作秃尾龙母坟，去那里无论是求晴还是求雨，都非常灵验。

　　这件事是陶悔轩布政使讲给我听的。陶悔轩说，他偶然读《群芳谱》，见上面写道："上天惩罚不顺从的龙，就割下它的耳朵，龙耳朵掉在地上，就化作李子。"

　　毕妻所吃的李子，应该就是龙耳朵，她也因此感应了仙气，生下了小龙。

# 指上栖龙

## 手指上有龙

有萃里的平民王兴，左手大拇指上出现了红色的纹路，拇指形状也变得弯弯曲曲，拇指明明很短，却有五六个指节。每逢雷雨天，这大拇指就不受控制，颤抖不停。

王兴对这奇异的大拇指很不满意，就想剁掉这根手指。这天夜里，王兴梦见了一个男子。这个男子仪貌魁伟，他对王兴说道："我是应龙，谪降到了你身上，所以你的拇指会有异样。请你不要伤害我，三天之后我自会离开。三天后的午时，你把手伸到窗户外面，我就能走了。"

三天后，风雨大作，雷电交加。王兴按照梦中人的吩咐把手伸了出去，他的拇指猛然间断裂，应龙也随之离去，远在天边了。

# 凤凰山崩

## 追随美女救命

　　袁枚的科举同年沈永之，在担任云南易道官员时，奉制台府大人张公之命，开凿凤凰山八十里道路，用以连通彝族和苗族的居住区。

　　这里山间道路危险陡峭，自汉代以来人迹罕至。每砍下一棵树，就会有白气从树根升腾而出，如同一匹素练挂在天空。这里的蛤蟆与车轮一样大，见到人之后会怒目而视，如果有人面对蛤蟆，这人就会委顿在地。

　　当地人喝醉之后会烧酒，用雄黄塞住鼻子，手持巨斧砍杀大蛤蟆。如果吃了一只大蛤蟆，三天都不会饥饿。

　　有一天，一个艳装美女从一个山洞里面跑出来，几千名工人都追出山洞去看她，而那些老成不动心的人，仍然在山洞里面干活。忽然之间，山崩地裂，那些没有出洞的人都被埋葬在了洞中。

　　沈永之为袁枚讲述了这个故事，还开玩笑说："看来人不可以不好色啊，这就是现成的例子。"

# 蛇王

## 蛇王之死

　　据说，湖南、湖北一带有蛇王，样子同《山海经》里的帝江差不多。它只有嘴巴，没有耳朵、眼睛，也没有鼻子、爪子，身体四四方方如同一个肉堆成的柜子。

　　蛇王行动迟钝，但它的伤害力很强，凡是它经过的地方，草木都枯萎了。它吃东西的时候会做出吸入吞食的样子，蟒蛇在它面前也毫无还手之力，会被蛇王吸入，化成一摊水，蛇王随之也会膨胀得更大。

　　常州有姓叶的两兄弟，在巴陵一带旅游。这天，他们见到蛇群飞速爬行，如同逃难一般。此时，风中的腥臭味越来越重。兄弟二人感到害怕，急忙躲到树上。过了一会儿，二人见到一个四四方方的肉柜从东方走了过来，正是蛇王。蛇王有些像没有了刺的刺猬，身材并不高大。

　　弟弟拉弓向蛇王射去，射中了蛇王的身体，但蛇王丝毫无损，任凭箭插在自己身上继续前行。弟弟从树上下来，想拔出蛇王身上的箭再射一箭，谁知道箭一拔出，弟弟便倒地不起。哥哥急忙下树查看，发现弟弟的尸体已经化成了一摊黑水。

洞庭湖边有一个老渔民，他放言自己能擒获蛇王。别人听了后都很吃惊，问他到底有什么办法。老渔民说道："先做上一百来个馒头，用铁叉叉住送往蛇王嘴边，蛇王一开始吸入，就赶紧丢掉馒头换上一个新的馒头。这样换上个几十次，馒头的状态会逐渐变化。一开始馒头是发霉腐烂的样子，接着会变成黑色，然后会发黄、发红，等到馒头不再变色的时候，大家就可以上去杀死蛇王了。这时候杀蛇王和杀猪狗一样，易如反掌。"

　　众人按照渔民的说法去试了一下，发现果然如此。

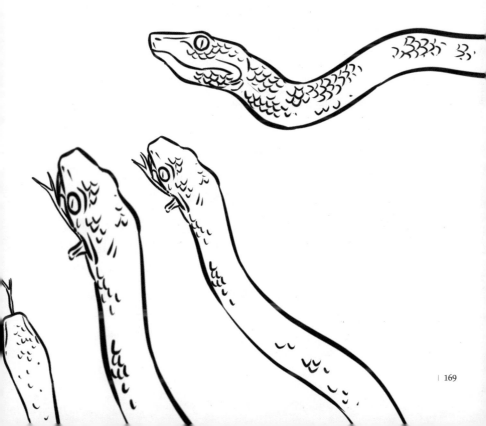

# 狼军师

## 狼军师出谋划策

　　有个姓钱的人从城中返回，傍晚时仍在匆忙赶路。忽然之间，周围窜出了数十头狼，将他团团围住，想要吃掉他。危急关头，钱某看到了路边的柴堆，这柴堆有一丈多高，钱某急忙爬了上去，顺势拿着一根柴当作武器。

　　狼群无法爬上柴堆，局面僵持。这时，几头狼离开了狼群向远处跑去，过了一会儿，他们簇拥着一只野兽走了过来，看上去这野兽是官员，这些狼是下属。

　　野兽到了后，坐在狼群中央。狼群纷纷竖起耳朵凑了过去，听从野兽的吩咐。很快，狼群就有了新动作，它们一边扒一边衔，努力抽掉柴堆下的树枝。柴堆底座不稳，摇摇欲坠。钱某大惊失色，拼命呼救。很久之后，一些砍柴人听到了钱某的呼救声，循着声音找了过来，狼群这才受惊散去。

　　狼群虽然离开了，但它们请来的野兽还呆坐在柴堆旁。只见这野兽长得似狼非狼，圆眼短颈，嘴巴长长，獠牙突出，声音如同猿猴，它后脚又长又软，不能站立，难怪需要狼群抬着它行走。

　　钱某对野兽说道："我与你从没有冤仇，你竟然给这些狼当军师，为它们出主意害我！"野兽听了这话，叩头哀鸣，看上去非常后悔。钱某和砍柴人合力捉住了它，将它带到前村的酒店中宰杀，美餐了一顿。

# 大乐上人

## 欠债人投胎还债

洛阳水陆庵有一个和尚，法号叫作大乐上人。他的邻居姓周，虽然在衙门当差，但家境贫穷。

这周差役主要负责催收租税，一有机会就从中贪污。每到要上交租税时，他常常向法师借钱用以填补亏空。就这样借来借去，周差役差不多欠了大乐上人七两银子。大乐上人知道周差役还不起银子，索性让他不用还了。周差役对大乐上人很感激，总是对和尚说："我今生是报答不了您了，来世一定做驴做马回报您的恩德。"

一天晚上，大乐上人听到有人敲门。大乐上人问门外是谁，门外人答道："我是你隔壁邻居周某，我前来报恩了。"大乐上人打开门，发现门外空无一人，还以为是有人在恶作剧。

这一晚，大乐上人养的驴生了一头小驴。第二天，大乐上人去看邻居周某，发现他已经死了。大乐上人来到小驴旁边，小驴抬起头翘了翘脚，看上去很亲近大乐上人。

小驴渐渐长大，大乐上人就将它当成坐骑。有一天，水陆庵来了一位山西商人。这商人非常喜欢小驴，请求买下它。大乐上人不同意，却也没办法解释清楚其中缘故。商人又说道："你不卖就算了，你能不能把驴借给我骑一晚？"大乐上人同意了。

客人走到小驴身前牵着它的绳子，笑着说道："我是骗你的！

我既然已经骑了这头驴，走了可不一定会回来。我估量过这头驴的价格了，已经把买驴的钱放在房间的茶几上，你自己回房去取就行了。"

说完，山西客人匆匆骑着驴跑掉了。大乐上人无可奈何，回房一看，茶几上有白银七两，这正好是周某欠的那笔钱的数目。

# 摸龙阿太

## 大夫偶遇龙

　　吏部侍郎姚三辰是杭州人，家里世代行医，尤其擅长外科病症。有一天，姚三辰的祖父出门采药，回来的路上路过西溪，醉倒在了山沟旁。姚祖父的手搭在一块石头上，他伸手一摸，觉得手上又滑又软，还以为摸到了蛇。

　　过了一会儿，这像蛇一样的东西背着姚三辰祖父爬了起来。只见这东西双眼明亮如灯，头上有角有须。它将姚三辰祖父放在地上后，腾空而去。

姚三辰祖父这才反应过来，自己是遇见了龙。他手上传来一阵香味，正是刚摸到龙唾液的位置，这香味几个月都没有消散。用这只手抓药，病人一吃就好。从此以后，姚三辰的子孙们就管他叫"摸龙阿太"。因为他总是随身带着一个采药的药篮子，所以他还有另外一个外号，叫作"姚篮儿"。

　　姚祖父医德高尚，治病救人从不收取礼物。姚三辰做官做到二品大员，大家都认为是他祖父积了阴德的缘故。

# 猪道人即郑鄂

　　明朝末年，华山寺中养了一头猪，这猪已经养了很多年，它全身毛发都脱落了，平日里都是吃素食，不吃污秽的东西。听到念诵经文的声音，它还会做出叩首膜拜的样子，庙里的僧人都称它为"道人"。

　　这一天，猪快老死了。寺庙主持湛一和尚素来有些道行，马上要前往其他地方说法讲经，临走前湛一和尚对他的徒弟说道："猪道人死后，一定要将它割碎了，把它的肉分给寺庙周围邻居吃掉。"

　　僧人们虽然答应了主持的要求，但心里并不听从。很快，猪就死了，僧人们悄悄将猪埋葬。湛一和尚说法回来，问徒弟们是如何处理猪的，徒弟们如实相告，还对他说道："佛法戒杀，所以我们将它埋葬了。"

　　湛一和尚听了后大惊失色，急忙去埋葬猪的地方，气恼得直用禅杖敲击地上，痛苦地说道："是我辜负你了！是我辜负了你啊！"僧人们询问住持原因，住持说道："三十年以后，某村会出现一个清官，这清官会无辜地被朝廷处死，他就是这头猪。这猪前世是一个县令，因为做了亏心事，知道自己在劫难逃，所以托生为猪，希望能得到超度，没想到被你们这些庸人给害了。但这也是命中注定，无可挽回的事情。"

崇祯年间，某村出了一个翰林名叫郑鄮，他品性端方正直，加入了东林党。郑鄮的舅舅吴某诬陷他，说他殴打自己的母亲。所以，郑鄮被凌迟处死，天下人都为他感到冤枉。当时湛一和尚已经圆寂，寺中的僧人这才服气湛一当年所说的因果。

# 蛤蟆蛊

## 书生头顶蛤蟆

书生朱依仁，写得一手好字，广西庆元府的陈太守就将他聘为秘书。这年天气很热，陈太守招待同僚饮酒。席间，众人都将帽子摘下。这时，众人看见朱依仁头上蹲着一个大蛤蟆，用手一推蛤蟆就落在地上失去踪影。饮到夜间，蛤蟆又爬上了朱依仁的头顶，但朱依仁丝毫没有感觉。席间的人又为他将蛤蟆赶下，桌子上的剩菜剩饭都被蛤蟆毁掉了，蛤蟆下地之后再次消失。

朱依仁回去睡觉，感觉头上很痒。第二天起来的时候，发现头发竟然都掉了，头上还凸起一个红色的肿瘤。忽然间，肿瘤的皮崩裂开，一只蛤蟆从里面钻了出来，瞪着眼睛四下张望。蛤蟆两只脚按着朱依仁的脑门，腰部以下待在肿瘤内部。朱依仁用针刺向蛤蟆，蛤蟆并不受伤。朱依仁试图将蛤蟆引出来，但是蛤蟆一蠕动他就痛不欲生，大夫对这种情况也束手无策。

一个看门的老人说道："这是蛤蟆蛊啊，只有用金簪才能刺死它。"朱依仁按照老人的说法试了试，果然刺死了蛤蟆。从此以后朱依仁就恢复了健康，只是他头顶的骨头下陷，整个头看上去像一个口朝天的杯子。

# 人畜改常

## 人和畜生性情大变

　　《搜神记》里记载道："鸡不三年，犬不六载。"意思是说，禽兽不可以养久了，养太久了会变成祸患。

　　袁枚家中有个仆人，名叫孙会忠。孙会忠养了一条黄狗，这狗平日里非常温顺，喂它的时候它总是摇头摆尾，有人进出它也在旁边迎来送往，非常聪明。因此，孙会忠非常喜欢它。可是有一天，这黄狗忽然咬伤了孙会忠的手掌，孙会忠很生气，一怒之下就将狗打死了。

　　类似的事情还有很多。扬州有一个叫赵九的人，擅长驯养老虎。他将老虎放在笼子里，将笼子载在车上，招摇过市。如果出十文钱，赵九就会给人表演一个惊险的节目——他会将头放进老虎口中，在虎口转来转去。老虎口水横流，却不会真的伤害到他。赵九就通过这个表演挣钱，两年多的时间都安然无恙。

　　这天赵九来到平山堂，和往常一样表演节目。赵九将头放入虎口，虎猛然一咬，直接将他的脖子咬断了。围观的人立即报官，官府叫来猎人将老虎打死了。所以民间常说："禽兽不能长时间和人在一起，因为禽兽的性情实在是太反复无常了。"

　　这个话袁枚不认可。袁枚说道："何止禽兽的性情反复无常，人的性情不也一样！"接着袁枚讲述了自己在江宁做知县时的事情：

"一天，有人来县衙报案，说是一家三口被人杀害。我当即带着三个下属前去查看，发现凶手竟然是这家人的小舅子刘某。刘某平时和姐姐家相处融洽，对小外甥尤其亲热，总是抱着他喂他吃东西。大家都认为这很正常。这年五月十三，刘某又到了姐姐家。刘某又要抱外甥，家人也没在意，谁知刘某抱到外甥后，直接将外甥扔进水缸，还要用石头把水缸盖起来。他姐姐大为震惊，急忙过去救自己的孩子，刘某拿起割麦子的镰刀，对着姐姐一顿砍杀，将姐姐的头都砍了下来。姐夫上前营救，刘某又一刀刺向姐夫肚子，姐夫血流如注。我到的时候，姐夫还没有断气，我问他和小舅子有没有什么冤仇。姐夫说从来没有冤仇，说完之后就死了。我将刘某抓到衙门提审，刘某两眼放空不言不语。过一会儿，莫名其妙地仰天大笑。他不肯招供，我又命差役上刑，没想到他没熬过刑罚，很快就死了。我至今也没有明白他杀人的动机。"

袁枚认为，这个例子证明，人如果移了性情，那和禽兽是没有区别的。

# 壁虎

## 被封印的壁虎

云南昆明池旁有农民挖地，挖到了一个铁匣子，匣上面有符箓，不可辨识。符箓旁边有一楷书字条，上面写着"至正元年杨真人封"。农民不知道这是什么东西，就将匣子砸碎了。只见匣中有一只一寸长的壁虎，还在蠕动，看上去半死不活的样子。有小孩子用水浇壁虎，壁虎立即开始变大变长，还生出了鳞甲，最后腾空而去。

壁虎变化的时候，狂风暴雨，天昏地暗，隐约能看见空中一只有角的黑蛟正和两只黄龙争斗，它们争斗的时候降下了冰雹，被砸坏的庄稼和民房不计其数。

# 虎伥

　　新安县有个书生名叫程敦，他族中亲戚住在深山之中。亲戚家的后院修建得很有幽趣，程敦常常去那里游玩。到了晚上，这家人会把门户都锁上，说是外面有老虎。

　　这天夜里，月色微明，狂风骤然而至，一个仆人想拿钥匙出门，大家怎么阻止他都不行，主人也亲自对家仆解释了原因。仆人没能拿到钥匙，就准备偷偷翻墙出去，但是围墙很高，仆人一时爬不上去。忽然，墙外传来老虎的嘶吼，仆人当即癫狂起来，又撞又叫。主人命令其他人挟持住要外出的仆人，很快仆人就晕了过去。

　　程敦知道这件事情不太正常，就亲自爬上小楼往外探看，只见墙外有一个短脖子的人正在用砖头敲打外墙。这人每敲打一次，仆人就痛呼一声；如果停止敲打，仆人就保持安静。程敦和主人都明白，必定是遭遇了虎伥，便更加用力地挟持住仆人。仆人呼叫了很久，忽然从人的声音变成了猪叫，他大小便一起流出来，排出来的也不是人粪，而是猪粪。

　　到了五更天，仆人才昏昏沉沉地睡去。天快亮的时候，程敦和主人再次登上小楼查看，发现一只老虎从西边的草丛中跃走，虎伥则不知所踪。

# 人熊

## 人熊捉人上供

　　浙江有个商人，以海上贸易为生，有二十多个同伙。有一次他们行船出海，却被海风吹到了一座岛上。众人结伴上岛，在岛上走了大约一里路，遇到了一头熊。这熊有一丈多高，伸开前掌拦住众人，将他们逼到一棵大树底下。这熊又找来藤条，将他们的耳朵逐个串通，拴在树上。等熊走远之后，商人们拿出随身佩带的刀，割断藤条，匆匆逃到船上。

　　过了一会儿，商人们在船上看到四头熊抬着一块大石板走了过来，石板上坐着一头更高更大的熊。拦住商人们的那头熊欢快地跑过来，看上去非常高兴。它来到树边，看到一根根藤条都在地上，表现得非常难过。石板上的大熊看到这个情形非常生气，命令抬石板的四头熊一起殴打那头熊，那头熊很快就被其他熊打死了。商人们在船上目睹整个过程，又是惊讶害怕，又是庆幸得以逃出熊口。

　　山阴人吴某，他的耳朵上就有一个洞，他是沈萍如的亲戚，袁枚曾经问过他为什么耳朵上有洞，他就将遇到人熊这件事情告诉了袁枚。

# 人变鱼

　　袁枚的侄子袁致华曾担任淮南分司,押解四川兵饷路过夔州。他看见路上男男女女喧哗吵闹,整个夔州都像陷在疯狂之中,就问当地人是怎么回事。

　　当地人回道:"某村的妇人徐氏和她丈夫一起睡觉,两人很亲热。早上起来后,妇人面目皮肤都和平时一样,但是下半身竟然变成了鱼!胸口以下都是腥滑的鳞片。徐氏还能像人一样说话,样子也很正常,哭泣不止。徐氏说自己睡觉的时候并没有感觉到疼痛,只觉得下半身有些发痒。徐氏挠了几下,感觉到挠的位置变硬了,她还以为是自己生了疥疮。没想到五更天以后,她的双脚合并起来不能收缩,再伸手一摸,发现已经变成了鱼尾。他们夫妻二人抱头痛哭,不知如何是好。"

　　袁致华听了这件事后很好奇,派遣家人前去探视,发现事情是真的。因为行程紧迫不能久留,袁致华不清楚这件事后续是怎么处理的,也不知道上报官府之后,官府是将徐氏放入江中还是让她养在家中。

# 蛤蟆教书蚁排阵

袁枚小时候住在葵巷，曾经见到过一位乞丐。这乞丐身佩一个布袋、两个竹筒。布袋里装着九只蛤蟆，一个竹筒里装满了红色的蚂蚁，另一个竹筒里装满了白色的蚂蚁，大约有一千只。乞丐去到一家店铺，让蛤蟆和蚂蚁给店主表演一套戏法，然后向店主讨要三文钱。

乞丐的把戏有两种，一种叫作"蛤蟆教书"。乞丐拿出一张小木椅，大蛤蟆会主动从袋子里跃出，坐在木椅上。接着，八只小蛤蟆相继跃出，围绕大蛤蟆蹲着。这时，九只蛤蟆都很安静，不会发出任何声音。乞丐命令道："教书！"大蛤蟆马上发出叫声："格格。"环绕大蛤蟆的小蛤蟆也回应道："格格。"乞丐不

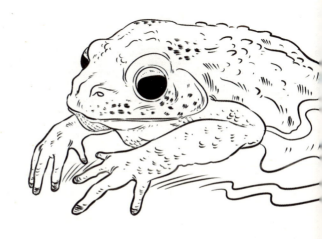

让停下，蛤蟆就会一直叫，非常聒噪。乞丐说："停下！"九只蛤蟆就会立即停下。

还有个把戏叫作"蚂蚁摆阵"。乞丐拿出红白两面小旗子，然后将两个木筒中的蚂蚁倒出来，红蚂蚁和白蚂蚁混成一片，在柜子上胡乱爬行。乞丐拿出红色小旗扇动，命令道："归队！"红色的蚂蚁立即排成一行。乞丐拿出白色的小旗扇动，命令道："归队！"白色蚂蚁也排成一行。乞丐挥动两扇旗子，道："穿阵走！"两群蚂蚁就会互相穿插，左旋右转，分寸丝毫不乱。穿行几次后，乞丐将两个竹筒放倒，红、白蚂蚁就会自己爬进竹筒之中。

蛤蟆和蚂蚁，是世界上最微小、最愚蠢的生物，不知道这个乞丐是怎么将它们驯服的。

## 僵尸变为犼

常州蒋明府说：佛的坐骑狮、象，是为人所熟知的；但是佛的坐骑犼，却很少有人知道。犼其实是僵尸所变。

从前有个人，在夜间赶路，看到一具尸体掀开棺材爬了出来，这人知道这应该是僵尸。等僵尸出来后，这人拿瓦石将僵尸的棺材给填满了，然后自己登上农家的高楼观看。夜里四更，僵尸大踏着步子回来，手中好像抱着东西。到了棺材前面，僵尸进不去，瞪着眼睛怒气冲冲，像是要喷出火来。僵尸看到楼上有人，就过来寻找。它的腿僵硬如同枯木，没办法弯曲登上楼梯，一怒之下将楼梯给抽去了。

这人担心无法下楼，就攀着树枝，从楼上跳下来。僵尸发现他下了楼，在后面紧紧追赶，这人又急又窘，不知如何是好。幸亏他很擅长游泳，他猜想僵尸应该不能下水，就游到河对岸站着。僵尸果然在水边踌躇了很久，发出了奇怪的哀号之声，最后僵尸三跃三跳，化作野兽的样子离开了。僵尸手中抱着的是一个孩子尸体，已经被它杀害了，血已流尽。

有人说：尸体一开始会变为旱魃，而后会变为犼。犼有神通，能口吐烟火，甚至能与龙战斗，所以佛将它当作坐骑，将它镇压。

# 西江水怪

## 水怪为鱼鳖复仇

徐汉甫在江西时，曾见到有人能用咒语捕捉鱼鳖。

这人在水边，走着道士的步伐口念咒语，水面马上波浪涌动，鱼鳖一群群地游过来，任凭他打捞回去。这个法子有限制，规定不可多拿鱼鳖，这人每天的花销是多少，就可以拿同等价值的鱼鳖。

一天，这人走到了大湖边上，正准备像往常一样行步作法，忽然水中涌出一个怪物，这个怪物大如猕猴，金眼玉爪，牙齿露在外面，作势扑向这人。这人急忙用衣服蒙着头逃跑。这水怪不肯放过，跑过来跳上他的肩头，用力抓住他的额头，这人当即倒在地上，流着血晕了过去。众人看到这个情形，赶紧跑过来救这人。水怪看到来了许多人，发出了乌鸦一样的叫声，一跃而去，众人不敢追踪捉拿。

这人苏醒后，说道："这是水怪啊，鱼鳖都是它的子孙。我吃了很多它的子孙，它是特意来复仇的。它的爪子非常尖利，喜欢抓人的脑袋。我如果不是蒙着头，又得到大家的帮助的话，已经死在它的爪下了。"

# 仲能

## 老鼠趴人肚子

唐再适先生在川西做官时，有个伙夫陈某。陈某生性粗悍，喜欢喝酒。一天晚上，他喝醉了躺在床上，恍惚中觉得有什么东西趴在他的腹部。抬眼一看，发现趴在自己身上的是个老人。这老人须发尽白，相貌也很古怪。陈某蒙眬中也看不清他具体的样子。

陈某以为是同伴戏弄自己，没有觉得害怕。当时是初秋，陈某盖着一床单薄的被子，因为有些寒冷，就用被子将自己全裹了起来。第二天天亮，他掀开被子一看，被子中竟然有一只白色的老鼠，身长三尺有余。陈某这才明白，自己看到的老人应该是这老鼠。

《玉策记》中记载一样叫作"仲能"的怪物，如果擅于卜算看相的人看到它，就有办法生擒它，还可以通过它预知祸福。

# 狐祖师

### 狐狸祖师为狐出头

　　盐城的一个村里，有一戴姓人家，家中有个女儿被妖怪附了身，家人用符咒镇压驱赶，始终没有效果。于是，戴家人就到村北的圣帝庙告状，妖怪这才消失。

　　没过多久，戴家人做了一个梦。一个穿金铠甲的神对他们说道："我是圣帝手下的邹将军。在你们家作祟的是个狐狸精，我已经将它斩首了，它的同伙明天会来找我报仇，到时候，你们就在圣帝庙敲锣打鼓，协助我捉拿妖怪！"

　　第二天，戴家立即召集了许多村民一同前往圣帝庙，村民听见空中传来了铠甲声和战马嘶杀的声音，纷纷用力敲锣打鼓。过了一会儿，果然有一股黑气坠落在庭院中，村庄前后也掉下来一些狐狸头颅。

　　过了几天，戴家又梦见了邹将军。他说道："我杀了太多狐狸，得罪了狐祖师，现在狐祖师去圣帝那里告状。过些日子，圣帝会把狐祖师请到圣帝庙来处理这件事，到时候，还请各位父老乡亲为我说情。"

　　到了约定的日子，村民们前往圣帝庙，在庙廊下等候。到了半夜，传来一阵嘹亮嘈杂的仙乐。只见一个头戴王冠、身着王袍的人乘着车辇悠悠而来，周围一群侍卫跟随。这人正是圣帝。圣帝身后跟着一个道士，这道士眉粗齿白，身上挂着金字牌，牌上

写着"狐祖师"三字。

圣帝对狐祖师的态度非常恭敬，狐祖师说道："我的小狐狸扰乱人间，确实该杀。但是你的下属不止杀它一只，还杀了其他很多狐狸，这未免太残忍了！他的罪过不容推脱。"圣帝在旁点头称是。

这时，村民们纷纷从廊下走出，跪伏在地，都为邹将军求情。有个姓周的秀才性情耿直，他骂道："你这个老狐狸，胡子都这么白了，这么一大把年纪还不知事，放纵你的子孙在人间附身妇女。邹将军为我们解决了他，你反而要圣帝处罚邹将军！你这狐祖师不明善恶，应该被千刀万剐。"

狐祖师在一旁听着，也不生气，从容地问道："你们人间有人犯了奸污罪，该怎么处罚？我的子孙身为异类还奸污妇女，罪加一等。但奸污的惩罚最多不过是充军发配，为什么要将它斩首？又为什么要杀害我其他的狐子狐孙？"

周秀才正想说话，就听到庙里传来声音："圣帝有令，邹将军过于憎恨恶事，处事过于严厉，杀戮太盛。不过，邹将军也是因为公事才这样做的，算是为民除害。现在罚邹将军一年的俸禄，将他调任梅州。"

听了这话，村里人不由欢呼起来，双手合十不住祈祷，而后散去。

# 雀报恩

## 鸟雀阴间报恩

周之庠有放生的习惯，他特别喜欢鸟雀，总是在屋檐下方放谷物投喂它们。周之庠中年失明，但还是坚持投喂鸟雀。

一天，周之庠快病死了，只剩胸口一点儿温度，家人在他身边守了四天四夜。四天后，周之庠苏醒过来，说了自己的经历：

"当时我出了家门，独自在旷野中行走。天色昏暗，四周一个人都没有，我心中很害怕。我飞快地走了数十里路，看见一座城市，但城外也很寂寥，没有人间烟火。过了一会儿，我看见一个老人拄着拐杖走了过来，我仔细一看，发现他竟然是我死去的父亲，我就跪在地上哀伤哭泣。

"父亲问我："谁叫你来这里的？"我回答道："我自己迷路到了这里。"父亲说："没有关系。"然后带着我进了城。到了城中官署前，我又看到了一个穿着道服、头戴纶巾的老人，这人是我去世的祖父。祖父见了我非常吃惊，责骂父亲道："你怎么这么糊涂，居然带孩子来这里！"祖父骂退了父亲，挽着我的手前行。

　　"忽然有两个相貌丑陋凶恶的差役拦住了我们，大声说道："既然来了这里，哪里还能回去！"说完就和祖父争夺起我。这时，忽然有数以万计的鸟雀从西边飞来，纷纷啄向两个差役，差役惊惶地逃走了。祖父护着我出了城，鸟雀在身后跟随着，争相用翅膀盖住我。大约走了数十里路，祖父用拐杖敲了敲我的后背，说道："到家了。""

　　就这样，周之庠苏醒了过来，只觉此前发生的一切都如梦一般。周之庠从此双目复明，至今还是安然无恙。

## 猢狲酒

**学士偶遇猿猴念书**

这个故事是学士曹洛禋为袁枚讲述的。

康熙甲申年的春天，曹洛禋和朋友潘锡畴一起游览黄山，两人到了文殊院，和院中和尚雪庄同桌吃饭。忽然之间，同桌的人消失了，仅各露一个头顶在外面。雪庄和尚解释道："这现象叫作'云过'。"

第二天，曹洛禋和朋友进了云峰洞，洞中有一个老人，身长九尺，蓄着一把飘逸的长须，穿着一身朴素的布衣在石床上打坐。曹洛禋向老人讨要茶水，老人笑着说道："这地方哪里来的茶？"曹洛禋身上带着一些炒米，就将炒米献给了老人。老人说道："我已经六十多年没有尝过这东西的味道了。"曹洛禋询问老人的姓氏，老人回答道："我姓周名执，曾经做官做到过总兵，明末的时候隐居在这里，距今已经一百三十年了。这洞是猿猴洞，后来被老虎霸占了，猿猴们没有办法夺回，请求我帮助它们除掉老虎。后来我就一直住在这里。"

曹、潘二人环顾四周，看见老人床上摆着两把剑，剑光凛冽如同白雪；台面上摆着河图洛书和六十四卦，以及几十张老虎皮。

老人笑着对二人说道："明天这些猿猴会来替我祝寿，很有些看头。"话还没说完就有几只小猿猴来到洞中，看到洞里有陌生人，受到了惊吓急忙逃走了。老人说道："我除掉了老虎，这些猿猴感激我的恩德，每天都会轮流来这里供我差遣。"

老人对着小猿猴说道："我要宴请客人，请帮我煮上一些芋头。"猿猴听到后跳跃着离开了，很快就捧着柴火走了进来，在一旁煮芋头给曹、潘二人食用。曹洛禋心想，如果现在有酒喝就更好了。

老人得知了曹洛禋的想法，将他们带到一处悬崖。悬崖上有一处用石头盖住的凹槽，凹槽中正是美酒，这些酒澄澈清香。老人说道："这是猢狲酒。"于是老人和曹、潘二人对饮起来。老人有些醉了，拿起双剑作剑舞，四周顿时飞沙走石，刮起阵阵剑风。

老人舞罢，回到洞内，躺在一张虎皮上。他对曹洛禋说道："你如果饿了，可以随手拿些松子、栗子来吃。"曹洛禋吃了些松子、栗子后，感觉全身都轻盈强健起来。曹洛禋一直患有畏寒的病症，吃了这些食物后病症差不多好了八九成。

老人又将二人带到另一处悬崖，只见有长胡子的白猿用松枝建造起了屋子，它手中拿着一卷素书，正在琅琅念诵。它的身后有差不多上千只猿猴，这些猿猴正跟随他的节拍在叩拜起舞。

曹、潘二人看到这样奇异的景象，心中欢喜，急忙跑回文殊院，想叫雪庄和尚一起来看。但再来到云峰洞时，老人已经消失了，洞内的石床也不见了。

# 归安鱼怪

## 黑鱼精冒充县令

民间有"张天师不会经过归安县"的说法，其中缘由是这样的：

话说明代归安县的某知县，任职了半年。一天夜里，他和妻子正在休息，忽然门外传来了一阵敲门声。知县起床去看，过了一会儿就回来了，他对妻子说："只是风吹动门而已，没什么事情。"妻子以为面前这人还是自己丈夫，就和他继续生活，但她常常闻到丈夫身上传来一股腥味，心中有些奇怪。这人将归安县治理得很好，处理官司判决得都很公正。

过了几年，张天师路过归安县，知县却不敢前去迎接。张天师进了归安县，说道："这里有妖气。"张天师命人将知县妻子叫来，询问她："在某年某月某日的夜晚，是否有人敲过你家的门？"

妻子回忆了一下，确认了这件事。张天师说道："你现在看到的人并不是你真正的丈夫，而是一条黑鱼精。你真正的丈夫在敲门那夜，就已经被它吃掉了。"

妻子大惊失色，请求张天师为自己报仇。张天师登上法坛，很快就拘捕来一条黑鱼。这黑鱼有几丈长，伏在法坛之下。张天师说道："你的罪孽应当被斩首，但你在冒充县令的时候做了一些好事，可以免除一死。"

　　说完，天师拿了一只大瓮，将黑鱼精收了进去，用符纸封印了瓮口，将瓮埋在官署之下，以用土筑成的公案镇压它。黑鱼精恳求饶恕，张天师说道："我下次路过这里的时候，会为你解除封印。"

　　话虽这么说，但张天师从此不再从归安县经过。

# 老妪为妖

## 老妇人化作异鸟

乾隆二十年（1755 年），京城里新生的婴儿几乎都染上了惊风症，不到周岁就夭折了。

据说，婴儿得病时，有只黑色的鸟会在灯下盘旋。这黑鸟怪物飞得越快，婴儿喘气的声音就越急，等到婴儿断气，黑色怪鸟才会离去。

过了几天，又有一户人家的婴儿染上惊风病。有个姓鄂的侍卫，素来勇敢，他听说这事后很愤怒，于是带着弓箭去了患病人家等候怪物出现。

没多久，黑色怪鸟果然来了。鄂某一箭射向黑色怪鸟，黑色怪鸟中了一箭发出哀鸣。飞鸟的血滴在地上，鄂某沿着地上血迹一路追踪，翻过两重墙头，此鸟到了李大司马家的厨房，而后消

失了。

李司马家的人看鄂某带着武器前来，很吃惊，询问是什么缘故。鄂某与李司马有亲戚关系，就将事情的原委告诉了他。李司马当即命人去厨房查看，只见厨房一旁的房间里有一个绿眼睛的老妇人，她腰上中了一箭，鲜血流淌不止。这老妇人的面貌很像猕猴。她是李司马在云南做官时，带回来的苗族女子，平日里总是记不清自己的年纪。

李司马和其他人都怀疑老妇人是妖怪，一番拷问之后，老妇人招认道：“有一种咒语，只要念诵之后就能变成异鸟。异鸟专门在二更天后食用小孩子的脑髓，现在我已经伤害了数百个小孩子了。”

李司马听后勃然大怒，用绳子将她绑起来放在柴堆里烧死了。从此以后，京城里再也没有小儿患惊风之症了。

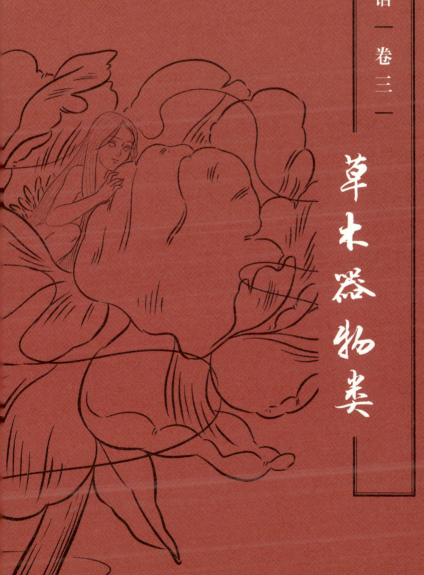

子不语 卷三

草木器物类

# 狱中石匣

## 被封印的石匣

绍兴人周道澧，因为祖上对国家有功劳，按照规定被选派为陕西陇州的知州。到任后，周道澧按照惯例巡视监狱情况。巡视的时候，周道澧发现狱中有一个石匣子，大约有一尺长，封锁得非常牢固。

周道澧准备打开匣子，狱卒坚决阻止，对他说道："传言说，这个匣子从明末就已经有了，但一直不知道里面藏着什么东西，只知道有一个道人曾经说过，谁打开了这个匣子，谁的官运就会被妨碍。"

周道澧为人素来刚愎自用，他不肯听取狱卒的意见，执意要打开石匣。他举起斧头劈开了匣子，只见匣中有半幅人像，人像赤身裸体，身上布满血迹，面目模糊。周道澧只觉这半幅人像冷气森森。

周道澧还没有仔细看完人像，一股硫黄气味就从石匣内散出，人像画霎时燃烧起来，尽成灰烬。这些灰烬飘入空中，最后不知所终。

周道澧受了这番惊吓，得了重病，最终病死在了陇州。到最后，也不知道这石匣中到底是什么鬼怪。

这个故事是学士周兰坡告诉作者的，周道澧就是他的从孙。

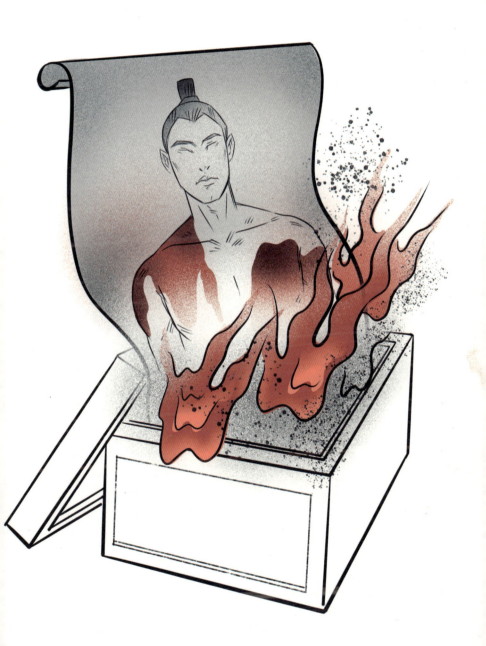

# 不倒翁

蒋公子前往河南，路过巩县，就在这里先住了下来。旅店有一座西楼，打扫得非常干净，蒋公子非常满意，拿着行李就住了进去。

这时，店家问道："公子你胆子大不大？这座楼可不太平。"蒋公子大声说道："明代杨椒山（杨继盛）曾说，每个人都有胆，有什么好怕的？"

蒋公子进了西楼，在客房中点了蜡烛独坐。夜色渐深，忽然听到茶几下传来了几声竹桶下水的声音，过一会儿，茶几下蹦出来一个人。这人青衣黑帽，身长三寸，打扮得如同人间的差役。他盯着蒋公子看了一会儿，自言自语地退了下去。

过了一会儿，几个小人抬着一个官员走了过来，他们所用的仪仗、旗帜大概只有豌豆大小。一个头戴乌纱帽的官员正襟危坐，指着蒋公子怒骂，声音和蜜蜂的嗡嗡叫差不多。蒋公子丝毫不惧。

这官员更加恼怒，用手拍了下地板，命令手下拘捕蒋公子。

这些小人差役，有的扯蒋公子的袜子，有的拉蒋公子的鞋子，蒋公子岿然不动。官员嫌弃差役们没用，亲自上手拘捕蒋公子，蒋公子用三个手指就将他按在桌上。仔细一看，这官员原来是常见的玩具——不倒翁。官员在桌上僵硬不动，不过是一个泥人而已。

官员手下的差役纷纷对着蒋公子磕头叩拜，请求蒋公子放了官员。蒋公子开玩笑道："你们得用东西来赎你们的主官。"小人们齐声说："是。"过了一会儿，墙缝中传来嗡嗡声，小人们依次走了出来。只见几个小人抬着一枚钗，几个小人抬着一支簪子，还有一些金银布帛之类的物件，摆满一地。

蒋生依照约定，将不倒翁归还给了他们。这时不倒翁又同刚才一样活了过来，可是小人的队伍却没办法整齐了，各自奔散。

天色亮了，只听到店主一声惊呼："有贼！"蒋公子出去打听缘由，才知道小人们搬过来赎不倒翁的东西，全是从店主那里偷来的。

# 徐崖客

　　湖州人徐崖客是庶出之子。他的父亲听信了继母谗言，想置他于死地。于是徐崖客逃了出去，此后云游四方，凡是名山大川、深崖险洞，他必定要攀登探险。他认为自己本来就是已经死了的人，无所畏惧。

　　这天徐崖客到了雁荡山，但没法攀登上去，晚上也没有找到投宿的地方。这时他遇到了一个僧人。僧人看着他说道："你喜欢旅游吗？"徐崖客说："当然。"

　　僧人又说道："我年轻的时候也很喜欢旅游，还遇到过一个异人。异人给了我一个皮囊，我晚上就睡在皮囊之中，风雨虎豹蛇虺（毒蛇）都不能够伤害到我。异人还给了我一匹缠足布，有五丈长。碰到那些过于高的山，我就将布扔上去，然后顺着布爬上去。即便跌了下来，只要手不放开，紧紧拽着布，掉下来也不会受伤。凭借这两样东西我游遍了海内。现在我年纪大了，如同疲倦的鸟儿一样。现在我将这两样东西赠送给你。"

　　徐崖客收下了皮囊和布，拜谢了僧人之后离开。从此以后，徐崖客登山过洞都非常顺利。

　　这年，徐崖客前往滇南。在青蛉河外千余里的地方迷了路，四周都是沙石。晚上徐崖客露宿旷野，钻进皮囊里睡觉。徐崖客听到有人把小便撒在他的皮囊上，声音就像涨潮一样。

徐崖客偷偷一看，原来是一个大毛人在小便。这毛人眼方鼻钩，牙齿伸出脸颊外，个子比普通人要高好几倍。

过了一会儿，徐崖客又听到了一阵兽蹄声，仿佛一万只兔子在夺命狂奔。又过了一会儿，西南方向刮起了大风，一阵腥气传来。仔细一看，原来是蟒蛇从空中行过，正驱赶一众野兽。这蛇身长数尺，头有车轮那样大。

徐崖客屏住呼吸不敢出声。天亮之后，徐崖客钻出了皮囊，只见这蛇经过的地方草木都已经枯萎，而自己却没有受一点儿伤。

徐崖客饿急了，可是没有地方吃饭，他望见前面村庄有炊烟升起，急忙跑了过去。到了之后见到两个毛人并排坐着，旁边放着一个锅，锅中煮着芋头，香气扑鼻。徐崖客怀疑这两个人就是夜里小便的人。

徐崖客向他们叩头，两个毛人不明所以。徐崖客请求他们给他一些食物，毛人听不懂，但是面色都很温和，看上去很友善。毛人一直对着徐崖客发笑，徐崖客用手指了指自己的嘴巴，又指了指自己的肚子。毛人笑得更加欢乐，发出了"呀呀"的声音，整个林谷都为之震动。

两个毛人似乎明白了徐崖客的意思，就给了他两个芋头。徐崖客吃了个饱，还剩了半个芋头，他将这半个芋头带回去给别人看，发现这芋头是白石。

徐崖客游遍了天下，最后回到了湖州。他常常告诉人们："天地的本性都是以人为贵。那些荒郊野岭人迹不到的地方，鬼神怪物也不会去。哪里有鬼怪哪里就有人。"

# 南山顽石

## 秀才的命运

　　海昌有个姓陈的秀才，这天去肃愍庙中祷梦，卜问前程吉凶。夜间，陈秀才梦见了肃愍公于谦开门迎接他，秀才不由紧张，在门前徘徊不敢进门。于公对他说道："你是我未来的门生，按礼就该从正门进来，你不必紧张。"

　　陈秀才这才敢进门，刚入座不久，就有人进来禀告道："汤溪县的城隍前来求见。"接着，一个头戴高帽的人走了进来。于公命陈秀才和城隍行了平辈的礼节，还说道："他是我的下属，你是我的门生。你应该坐在他的上方。"陈秀才局促不安，如坐针毡。城隍和于公轻声交谈，陈秀才隐约听到了"死在广西，中在汤溪，南山顽石，一活万年"这样的话。

　　城隍告辞离开，于公吩咐陈秀才送城隍出门。城隍问陈秀才："我们刚才说的话你都听到了吗？"陈秀才如实告知。城隍说道："你要好好记住刚才听到的话，将来这些话一定会得到验证。"陈秀才回到庙中，于公又将这话说了一番，叮嘱陈秀才牢记。

　　陈秀才醒来后，将梦中所见告诉了别人，但谁都不知道这十六个字是什么含义。

　　陈秀才家中贫困，需要找些活计。他有个姓李的表弟，被选派到广西担任通判，李表弟就邀请陈秀才与他一同前去。陈秀才拒绝了，说道："我梦中听到城隍说过'死在广西'四个字，我如果去了广西，恐怕不吉。"

李通判反对道："梦中城隍所说的'死在广西'，应该不是'死'字，而是'始'字，要不然怎么解释接下来的'中在汤溪'四个字呢？"陈秀才认为李通判分析得有理，就与他一同去了广西。

到了广西，二人安置下来。李通判的官署西边有一房间，门户紧锁，也没人敢打开。陈秀才打开了门，走进去一看，发现里面亭台楼阁俱全，假山树木完备，心中喜爱，便搬进去居住。在里面住了一个多月，没有任何异样。

八月十五的夜里，陈秀才在园中饮酒，他诗兴大发，念了一句"月明如水照楼台"。忽然，空中传来一人拍掌大笑声，这神秘人说道："'月明如水浸楼台'才是佳句呢，把'浸'字换成'照'字，就失了意境不够精妙了。"

陈秀才非常吃惊，抬头一看，只见一个头戴白藤帽、身穿葛布衣的老头儿，正坐在梧桐树的树梢上。陈秀才大惊失色，急忙起身奔入屋内。树枝上的老头儿一跃而下，拉住了陈秀才，对他说道："你不要惊慌，像我这样有文采又风雅的鬼怪你见过吗？"

陈秀才紧张地问道："请问您是哪路神仙？"老头儿说道："这个暂且不提，咱们还是先来讨论一下诗词吧。"陈秀才见老头儿颇有世外高人的风范，心中稍安，二人交谈就如同普通人一般，渐渐地就不害怕了。老头儿和陈秀才进了屋内，二人吟诗作赋。老头儿写的字不是当下的字，他的字形状如同蝌蚪，陈秀才不能分辨，就好奇地问这是什么缘故。老头儿说道："我年轻的时候，世上的字就是这样的写法，我现在学习楷体字，但习惯已经养成，一时之间改不回来。"

老头儿口中所说的"年轻时"，指的乃是女娲之前的上古时代。

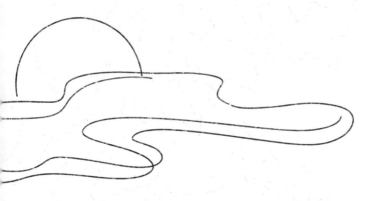

　　从此以后，陈秀才和老头儿来往频繁，相处得颇为融洽。李通判的书童看见陈秀才总和空气对酌，就将这件事告诉了李通判。李通判看陈秀才神情恍惚，对他说道："你现在已经被邪气沾染上，恐怕要应了'死在广西'四个字了。"

　　陈秀才恍然大悟，急忙和李通判商量对策，最终决定逃离广西，回家避难。陈秀才匆匆上船准备回家，到了船上发现园中老头儿竟然也在船上！周围的人都看不见老头儿，只有陈秀才能看到。

　　船行到江西，老头儿说道："明天就要到浙江地界了，你我二人缘分已尽。我现在向你说清楚，我修道一万年有余，因为少了三千斤檀木雕刻而成的九天玄女像，所以至今未能修成正果。现在我要你来为我办这件事，要不然只能借你心肺一用了。"

　　陈秀才惊惧交加，问道："请问老人家你修的是什么道？"

　　老头儿说道："我修的乃是斤车大道。"陈秀才心中明了，"斤"

和"车"字加起来正是一个"斩"字，不由更加害怕。陈秀才只得说道："等我回到家，我就为你办这件事。"

到了家乡，陈秀才将老头儿威胁他的话告诉了亲友，他们分析道："这个老头儿莫非就是肃愍公所说的'南山顽石'？"

第二天，老头儿又来找陈秀才。陈秀才问道："老人家你是不是家住南山？"老头儿勃然变色，怒骂道："这话不是你能说出来的，一定有坏人暗中教唆你！"陈秀才又把老头儿的反应告诉亲友，亲友出主意说："不如把这个老妖怪拉到肃愍公庙里去。"陈秀才深觉有理。

于是，陈秀才就挟持住了老头儿，强行将老头儿拉入庙中。只听老头儿大叫一声，立即遁逃，从此以后再无踪迹。

后来，陈秀才将籍贯改成了汤溪，成功中举。会试时录取他的房师是一位名叫于振的状元。

# 赵大将军刺皮脸怪

## 将军斗妖怪

大将军赵良栋，平定三藩叛乱后回程，路过四川成都。

四川巡抚亲自出了城门迎接他，显得非常尊重。可是，巡抚却将赵将军安顿在了一所民宅之中。赵将军嫌弃民宅狭小，想住到城西都察院的宅子里去。巡抚解释道："那所房子已经关门闭户一百多年了，时常有妖怪作祟，所以我才没让将军入住。"

赵将军笑着答道："我刚平定了反贼，刀下亡魂不知多少，那宅子的妖怪要是有灵性的话，也该惧怕我才对。"

于是，赵将军派人将院子打扫干净，让家眷住在了内室，自己一人住在正房。赵将军的兵器是一把长戟，他把长戟当作枕头睡觉。到了夜间，床帐上的钩子发出脆响，赵将军睁眼一看，只见一个人站在床前。这人个子高大，身穿白衣，大腹便便，将烛光都挡住了，更衬得情况诡异。

赵将军丝毫不惧，起身大声呵斥妖怪。妖怪退后了三步，这时烛光才明亮起来。妖怪的容貌像民间图像上的方相神一样狰狞可怕，赵将军拿起戟向他刺去，妖怪闪身躲避了过去。

这妖怪动作灵活，赵将军的每次攻击都被他躲开了，妖怪后来躲进了一条夹道中，然后消失不见。赵将军正准备返回房中，发觉背后有人尾随，回头一看，发现这妖怪在他身后蹑手蹑脚，面带笑容。

赵将军更加生气了，骂道："世上哪有脸皮像你一样厚的妖怪！"这时，家丁仆役们听到了响动，纷纷拿着兵器赶了过来。妖怪步步后退，又退回了先前消失的夹道中，进了一间空房。

忽然之间尘土飞扬，异响频频，似是妖怪在召唤同类来一起战斗。白衣妖怪站立在房中，一副昂首挺胸负隅顽抗的姿态。赵将军见了之后怒火冲天，用长戟一顿猛刺，正中妖怪腹部。

只听"嘭"的一声，妖怪原地消失，只有两只金光闪闪的眼睛在墙壁上。这金色眼睛有铜盘大小，光亮闪烁。家丁们用刀砍击眼睛，眼睛霎时化作满屋的火星，火星开始很大很多，渐渐地变得微小，最后全部熄灭，此时天色已经大亮。

临行前，赵将军将昨夜发生的事情告诉了一众官员，官员们听说后无不瞠目结舌，但谁都不能说出这到底是什么妖怪。

# 花魄

### 小小美女是花魄

婺源有一个姓谢的士人,在张公山读书。这天清晨,谢某听到林中传来一阵鸟叫,听上去似乎是鹦鹉的叫声。谢某走近一看,发现发出鸟叫声的竟然是一位美女。这美女身长只有五寸,赤身裸体,身上也没有羽毛,全身上下洁白如玉,眉宇间仿佛含着淡淡的忧愁。

谢某将这美女捉了带回家,这小美女没有表现出任何恐惧。谢某像养鸟一样,将她养在笼中,用饭喂她。这女子看到了人,讲起话来滔滔不绝,但没有一个人能听懂她的语言。就这样过了几天,美女晒到了些阳光,而后就如同枯蜡一般枯萎了,失去生机。

举人洪宇鳞听说这件事后,说道:"这个女子乃是花魄。如果一棵树上吊死过三个人,这些人的冤苦之气就会结成身形小巧的女子。给她浇一浇水,她就会再次恢复生机。"谢某按照洪举人的话给美女浇了水,美女果然复活过来。

乡里的人知道了这件事,都来谢某家中围观。谢某担心会惹来祸端,就将美女放回了树林。过了一会儿,一只怪鸟就将美女叼着飞走了。

# 张奇神

**附身纸人作祟**

　　湖南人张奇神，能够用法术摄取别人魂魄，所以崇敬他的人很多。江陵书生吴某不相信他的本事，当众侮辱他。吴某猜想夜里张奇神一定会来作祟，于是手持《易经》坐在灯下。

　　忽然，屋顶上的瓦片沙沙作响，一个身穿金甲的神破门而入，拿着长枪刺向吴某。吴某将手上的《易经》向金甲神扔了过去，金甲神立即倒在地上。吴某过去查看，发现金甲神是一个纸人变的，于是将纸人捡起来夹在书页中。过了一会儿，有两个青面獠牙的恶鬼拿着斧头进了屋，吴某再次拿《易经》攻向二鬼，二鬼倒地之后也变成了纸人，吴某也将两个纸人夹在书中。

　　不久，张奇神的妻子哭号着来敲门，说道："我的丈夫和两个儿子来作祟，没想到都被您擒获了，不知道您有什么神异的法术，请求您饶了他们性命放他们回去。"

　　吴某答道："来的是三个纸人，并不是你的丈夫和孩子。"张妻说道："我的丈夫和两个儿子都是附在纸人身上来的，现在三人的尸体都在家中，等到天亮鸡叫了就没办法复生了。"张妻再三哀求，吴某说道："你们害人不少，这也是你们的报应。我可怜你，还给你一个儿子好了。"于是妇人拿着一个纸人哭着离开了。

　　第二天，吴某去张奇神家探访，发现张奇神和他的长子都已经死了，只有小儿子还活着。

237

# 九夫坟

句容县的南门外，有一座九夫坟。据说，有一个妇人长得非常美丽，她丈夫死后，留下一个儿子。妇人家中资产富足，就招赘了一个丈夫。妇人和新丈夫生下一个儿子，没多久新丈夫也死了，妇人就将新丈夫葬在前夫坟墓旁边。后来，妇人继续招赘，但招赘的男子都很快身亡，她总共嫁了九个丈夫，生了九个儿子，埋葬了九个丈夫。

这九个丈夫的坟墓都挨在一起，围成一圈。妇人死后就葬在这群坟墓中间。每到夜里，这片坟地就会刮起阴风，出现争斗的声音，好像是九个丈夫在争夺妇人。路人都不敢从这里经过，隔壁村子也为此感到不安，就一起将这件事禀告给了县令赵天爵。

县令排开仪仗，带着一众差役前往坟头，在每个坟头上打了三十大板。从此以后，这里就变得安静了。

# 禹王碑吞蛇

屠赤文曾担任过陕西两当县的县尉。他有一个厨子名叫张某，非常能吃，力气很大。厨子身材魁梧，没有左耳。屠赤文询问张某缘故，张某说了这样一件事情：

"我本是四川人，祖上三代都以打猎为生。我家中传有一部异书，教会了我们家一种本事。我们只要随手抓一把风，就能嗅出风中的气味，由此判断附近有什么野兽。这个本事我小时候就学过。

"有一次我在邛崃山打猎，山中有个地方叫作阴阳界，阳界宽阔平坦，而阴界却陡峭险峻，很少有人会去。这天我在阳界打猎，但是没有收获，索性就带上干粮去了阴界，走了大约五十里路。当时天色已晚，我瞧见十里外的高山上忽然燃起了一片大火，火光将天色照得通红，把树林和山谷照得如同白天。忽然一阵怪风袭来。我抓住风闻了闻，发现这是异书上没有记载过的怪物。我心中十分害怕，急忙爬上树顶躲了起来。

"过了一会儿，火光离我越来越近。我看到火光中有一座大石碑，碑首是老虎形状，散发着光芒，如同成千上万支火炬照亮周围。石碑缓缓地向前移动，渐渐到了我所在的树下。石碑发现了我的踪迹，忽然升高了三四丈，好像要张口吃掉我的样子。石碑离我很近，只差一点儿就能触碰到我。我屏住呼吸一动不动，

后来这石碑拿我没办法，就缓缓地向西方移去了。我心中庆幸，准备等石碑去得再远一些，就从树上下来。忽然，成千上万条巨蛇游了过来，铺天盖地。大的蛇有车轮粗，小的蛇也有米斗一样粗。我心想这一次恐怕难逃一死，要葬身蛇腹了，不由得感到害怕。

"没想到这些蛇没有理会我，纷纷腾空而起直上云端。它们飞得很高，离我所在的树顶有一定的距离，所以我趴在树上毫无损伤。这时，来了一只飞得很低的小蛇，它从我耳边擦过。我感到一阵剧痛，伸手一摸，发现自己已经没有了左耳，脸上鲜血流淌。这时石碑仍在前方，站立在火光之中，岿然不动。凡是从石碑旁经过的蛇，都变成了空壳坠落在地，仿佛万条丝带飘下。同时，空中还有吸食蛇肉的声音。过了一会儿蛇全都消失，石碑也远去了。我一直等到第二天才敢下树，急忙寻找归途，可是却在山中迷了路。后来我在山中遇到一位老人，我就把看到的事情告诉了他。

"老人说道：'我是这山里的山民，你昨天见到的石碑是禹王碑，是当年大禹所立。相传，当年大禹治水的时候曾来过邛崃山，当时毒蛇挡道，不能前进，禹王震怒，命令手下杀掉群蛇，又立下了两座石碑镇压。'老人指着两块石碑说道：'禹王曾经给石碑下过命令，如果它们得道成神，需要世世代代杀蛇，为民除害。

四千年过去了，这石碑果然得道成神。石碑有一大一小，幸亏你遇到的是小的那块石碑。大石碑如果出动的话，方圆五里都是一片火海，森林树木都会化为灰烬。到时候，你就难逃一死。这两座石碑都将蛇当作食物，所到之处都会带着蛇一起行走，所以这些蛇都低头等死，顾不上伤人。你的耳朵已经中了蛇毒，如果不及时解毒的话，等你出了阴界，见到阳光就会死去。'老人从怀中取出药，给我解了蛇毒，还指明了回去的方向。然后我就与他分别了。"

# 丁大哥

扬州乡下有一个人名叫俞二，以务农为生。这天俞二进城去取卖麦子的银子，粮店掌柜留他喝酒。这一喝就喝到了天黑，俞二只能摸黑回去。走到红桥，桥上忽然出现了十几个小人儿，他们对着俞二一番拉扯。俞二知道这个地方鬼怪很多，但他一向胆子大，加上又喝了酒，更不知道害怕，于是挥拳向小鬼打去。

小鬼敌不过他，只能四处逃窜。小鬼们不肯放弃，过一会儿又聚集起来再次进攻，却再次被俞二打散，这样的行为循环了好几次。在交手的时候，俞二听到有小鬼说道："这人很凶猛，我们打不过它，必须去将丁大哥请来才能打败他。"说完，小鬼们哄然散去。

俞二心中想到："不知道这丁大哥是何方恶鬼？不过既然已经走到这里了，也就只能继续走下去了。"

刚下了桥头，一个身高大约一丈的鬼拦住了俞二的去路。借着暗光，俞二看清了它的样子，它面色青紫，面容狰狞可怕。俞二心想："不如先下手为强，如果动手晚了就难以走脱了。"

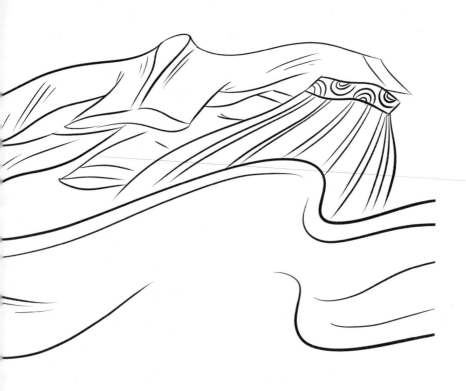

　　打定了主意，俞二解下了腰上装钱的布袋，趁恶鬼不备攻击了过去。这高大的恶鬼却没有传闻中厉害，当即"咕咚"一声倒在地上，倒地的时候还发出了一声脆响。俞二赶紧上前，踩住恶鬼的身体，恶鬼立即缩小了身体。俞二将恶鬼抓了起来，恶鬼看着很小却颇有些分量。

　　俞二紧紧抓住恶鬼，将它带回家中。在灯下仔细一看，发现手中抓的是古棺上的一颗大铁钉。这铁钉大约二尺长，拇指粗细。俞二将铁钉投入火中，铁钉上渗出了血丝。俞二又找来几位朋友，将事情从头到尾说了一遍，大家笑道："看来这丁大哥，还不如我这个俞二哥有力气呢！"